WINGS・NOVEL

声を聞かせて①

精霊使いサリの消失

河上 朔
Saku KAWAKAMI

新書館ウィングス文庫

SHINSHOKAN

声を聞かせて①　精霊使いサリの消失

目次

精霊使いサリの消失……7
魔法使いラルフの見知らぬ世界……107
精霊使いサリの望むこと……255
あとがき……285

魔物
リュウ
精霊使い部気象課に
所属する公安精霊使い。
サリの数少ない友人。
少女
カルガノ
ランカトル王国公安局総局長。
王都でのサリの後見人。
デューカ
ランカトル王国・現国王の王弟。魔物、
精霊などの蒐集癖《しゅうしゅうへき》がある。

ラルフ・アシュリー
公安局魔法使い部公安課に
所属する公安魔法使い。
サリの仕事上のパートナー。
サリ・ノーラム
ランカトル王国公安局
精霊使い部公安課に
所属する公安精霊使い。
声を聞かせて
CHARACTERS

イラストレーション◆ハルカゼ

―精霊使いサリの消失―

1

——面白《おもしろ》い子がくるよ。
——珍しい子がくるね。
——山からくるよ。もうすぐくるよ。
——白い子だ。黒じゃなくて白。
——夜の海を走る光の色だよ。月の光。銀色の子だよ。
——お話できる？
——まだできる。生まれて直《す》ぐだもの。
——でもきっとすぐにできなくなる。
——そうだね。すぐにできなくなるよ。
——あの子は優しすぎるからね。
——残念だね。あんなに綺麗《きれい》な子なのに。
——本当にね。あんなに可愛《かわい》い子なのに。

――いなくなる前に話しに行こう。

――そうしよう。そうしよう。

昨晩、蒸し暑くて薄く開けておいた窓の向こうからさわさわと軽やかで楽しげな声が聞こえてくる。

しばらくベッドの中でその声を聞いていたサリだったが、頃合いを見計らって起き上がるとさっと窓辺に近づいた。

「おはよう。一体山から誰が来るんだい？　私にも教えておくれよ」

窓の外、まず目に入るのは庭先の巨大なクスノキだ。そして家の周囲に広がる緑と丘の下から始まる街並み。その遥《はる》か向こうには朝日に照らされて輝く海が見える。

窓を全開にし、サリは身を乗り出した。

潮の香りが勢いよく部屋を駆け抜けると同時に、腰ほどまである長い髪がたちまちもみくちゃにされる。すぐそこにあるクスノキの枝は揺れもしていないのに。

「あんまり遊ばないでおくれ。絡まると厄介《やっかい》なんだから」

――綺麗な子だよ。

――優しい子だよ。

――もうすぐここにくるよ。

サリの髪を弾《はじ》いて遊ぶ〝声〟は、口々にそんなことを言う。

「あんたたちの仲間かい？」

この世界には人の目に見えないものたちが多数存在しているが、多くは火・土・風・水のどれかに属しているものだ。

情報が早いのは動きの速い風や水で、人と同じ時間の概念《がいねん》を持たないから彼らの言う早い遅いは当てにはならないが、聞き逃《のが》せないものも多い。

――仲間じゃない。

――仲間じゃないよ。

――あれは我らと異なるもの。

――あんなものは我らには生み出せない。

風の精霊たちの歌うような答えに、サリは微《かす》かに眉間《みけん》に皺《しわ》を寄せた。

「じゃあ、誰が生み出したんだい？」

途端、ごうっと強い風がサリの体を取り巻いた。

――知らないの？

――分からないの？

――おかしいね。

――おかしいよ。

——人の子なのにね。

——人の子だからかな。

笑いながらさんざんからかわれて、あっと言う間に彼らはどこかへ行ってしまう。

「……くそ、髪がぐちゃぐちゃだ」

遊ばれて絡まりまくった自分の髪の毛を見つめて、サリは溜息を吐《つ》いた。

彼らがはっきりとしたことを言わないのはいつものことだった。

サリは昔から彼らの声がよく聞こえるだけで、彼らは自分たちの声を拾う人の子を面白がって、話しかけると気まぐれに輪の中に入れてくれる。だが、こちらの望む答えを教えてくれるわけではないのだ。

「スクード、今のどういう意味だと思う？」

我々の仲間ではない、と風が告げたということは、自然から生み出されたものではないということだろう。

彼らは人や動物のことも自分たちとは異なるものと位置づけているので、そのどちらかということだろうか。

海に面した王国、ここランカトルで山と言えば北の黒槍《こくそう》山脈を指す。その向こうは同盟国フィラルだが、そこから珍獣でも連れてくるのかもしれない。後で王宮に確認しておかなければ。

ベッドに腰を下ろし、もつれ合った長い髪を手ぐしで乱暴に梳《す》きながら呟くと、サリの右手首のあたりから低い声が響いた。手首には赤い結《ゆ》い紐《ひも》がかかり、不思議な光沢《こうたく》を放つ黒い石がひとつついている。

——分からない。だが奴《ヤツ》らがくると言ったなら何《いず》れくるだろう。待てば良い。

自然のものは人と違い嘘をつかない。

「警戒する必要はないだろうか」

——お前がしたければすると良い。

彼らと人の基準はまるで違う。彼らにとっては無害でも、人にとっては有害であるものなどままある。

風たちのお喋《しゃべ》りの印象はそう悪くはないが、得体の知れないものがやってくる以上、最低限の警戒は必要だろう。

石の精霊は寡黙《かもく》で、余計なことはほとんど言わない。

そのままスクードは沈黙してしまったので、サリは肩を竦《すく》めて絡まった髪を梳《と》かすのに専念することにした。

長い黒髪を手早くひとつ編みにして背中に垂《た》らすと、サリは無駄のない動きで生成《きな》りの上下に着替えた。わずかに襟元《えりもと》に飾り刺繍《ししゅう》のされた膝丈《ひざたけ》の上衣を茶色の革帯で締め、ゆったりとした裾広《すそひろ》のズボンから、履《は》き古《ふる》された踵《かかと》のない赤い革靴《かわぐつ》がのぞいている。

よく歩き回るため日に焼けた健康的な肌色をして、精霊たちの声を拾う耳は少し小さく、静けさを湛《たた》えた深緑の瞳はどこか近寄りがたい印象を与える。化粧《けしょう》気《け》がなく薄い色の唇があまり笑みを見せないのも、理由のひとつだろう。

階下に下り机の上にあったリンゴをひとつ取ると、サリは表に出た。

「おはよう」

ここに住むことを決めた一番の理由である大きなクスノキの根元には座るのにちょうど良い窪《くぼ》みがあり、サリは慣れた様子でそこに座ると幹に背を預ける。ごつごつとした樹皮《じゅひ》は決して触り心地が良いわけではないがサリは気にならない。太い根の上に足を投げ出して丘の下を眺めながら果実をかじり、食べ終わるとその辺に芯《しん》をひょいと放って目を閉じる。顔を傾け幹に耳を押し当てると、じんわりと奥の方から不思議な音色が響いてくる。

誰かが歌っているような、水が流れるような、風が吹くような、火が爆《は》ぜるような、波が寄せては返すような、抱き締められているような、いつまでも聞いていたい音色だ。

しばらく目を閉じていたサリだったが、不意にぱちりと目を開くと、軽く幹を叩いて立ち上がった。

「行ってくる。ああ、傍《そば》にきてくれるのは嬉しいけど、窓を突き破らないでおくれよ」

サリが見上げる先には、二階の窓に向かってひときわ長く一直線に伸びる枝がある。明らかに、サリがここに住み始めてからのことだ。

「なにか変わったことはないかい」

人気《ひとけ》のない丘を軽快な足取りで下りながら、サリは呟く。背中から駆けてくる風がサリのひとつ編みを揺らして草の上を渡り、ぽつりぽつりと生《は》える木はサリが下を通ると枝を揺すり葉を落としてきたりする。大地は何事も囁《ささや》かず日を浴びてゆったりと続く。

丘のふもとですれ違った農夫はサリに気づくと今日の天気を尋ねてきた。

「日暮れ前に帰った方がいい。夕方から雨になるよ」

見上げる空は雲ひとつない。だが農夫は、ありがとうと軽く手を振り畑へ向かった。

町外れの不便な場所に住む年若いサリのことを、最初は胡散臭《うさんくさ》そうに見ていた農夫だったが、ある日大風がくることを知らせてから態度が軟化《なんか》した。

市街地へ足を踏み入れると、そこは自然と人が生み出す雑多な音で溢《あふ》れている。

石畳《いしだたみ》の上を走る轍《わだち》の音。行き交う人々の足音。街路樹のざわめき。挨拶《あいさつ》。路地裏をすり抜ける風。今朝《けさ》水揚《みずあ》げされた魚の値を問う声。井戸《いど》で汲《く》み上《あ》げられる水の音。竈《かまど》に入る火のゆらめき。肉や魚の焼ける音。誰かに蹴《け》り上《あ》げられた石の小さな叫び声。

異常はないか。

音に集中するため、にこりともせず早足で家々や路面店が建ち並ぶ雑踏を歩き、時折、空や地面、人のいない場所へ向かってなにかを呟くサリに向けられる周囲の視線は様々だ。

丘ですれ違った農夫のように天気をにこやかに聞く者もあれば、見回りご苦労だね、と労《ねぎら》ってくれる者もいる。慌てて子供を自分の背に庇《かば》う者、サリが話しかけていた辺りを薄気味悪そうに見たり、道を変える者もいる。

サリは声を掛けてくる者以外には特段なんの反応も示さず、淡々と市街地を歩き回る。

——怒ってたね。カンカンだ。

——あの子たちせっかく大きくなったのに可哀想《かわいそう》だね。薙《な》ぎ倒《たお》されちゃうよ。

——彼らの通り道を邪魔したんだ。仕方ないさ。

——そんなことより早く海を目指そう。もうすぐだ！

気になる声が耳に入ったのは、朝の見回りも終盤《しゅうばん》に入った頃だった。

「どこの話だい？」

水路を行く水たちは海だ海だと興奮していたが、鋭く反応したサリの声にとぷりと沈黙した。

「驚かせてすまない。だが、今の話を聞かせてくれないか。怒っているのは風の連中だね？彼らの通り道を誰かが塞《ふさ》いでいるんだろう？　助けてやらなきゃ」

空を縦横無尽《じゅうおうむじん》に巡《めぐ》っているように見える風だが、彼らには彼らにしか分からない通り道が存在する。その道を塞がれることをひどく嫌い、下手《へた》をすると行く手を塞ぐ障害物を風の力で薙ぎ払ってしまう。

このため王都ザイルでは、新たに背の高い建造物を建てる際には、サリたち精霊使いの助言を仰《あお》ぐことが義務づけられている。

風の通り道を避けなければ、せっかく建てた屋敷や塔が、たちまち崩されてしまうからだ。

助けるというサリの言葉に反応したのか、水がしぶきをあげた。

――邪魔してるのは若い木だよ。こんな街中じゃなくせっかくあんなに広い場所に生えたのにね。

――ぐんぐん伸びて、頭が風の通り道に届いてしまったんだ。

――赤い橋を三つくぐってきたわ。その近くよ。

この水路がどこから来たのかわずかに考え込んだサリだったが、はっと目を見開いた。

王立東公園だ。

「助かったよ。海まで気をつけて」

さようなら、さようならと水面《みなも》をさざめかせる水路を背に、サリは街中を一目散《いちもくさん》に駆けた。

目指したのは街の中央、大通りに面した巨大な黒光りする建物だ。人々は国を守護する公安局に相応《ふさわ》しい、堂々たる建物だと褒《ほ》め称《たた》えるが、悪趣味で威圧的《いあつてき》でサリは大嫌いだった。

立派な両開きの扉の上には、金色の文字で「公安局魔法使い部」と掲《かか》げられている。

サリは飛びつくようにしてその扉を開くや、正面受付に駆け寄った。

「精霊使い部サリ・ノーラムより、ラルフ・アシュリーに出動要請《ようせい》。大至急で頼む」

受付にいたのは栗色《くりいろ》の髪を天高く巻いた女性魔法使いと、赤い縁《ふち》の眼鏡《めがね》と真っ赤な唇が印象的な女性魔法使いだったが、ふたりはサリを頭の上から足のつま先まで一瞥《いちべつ》すると、口元に小さく笑みを浮かべて目配《めくば》せし合った。人を馬鹿にした笑いだった。

「怪我人が出るかもしれない。急いでくれ」

サリが強い口調で告げると、栗色の髪の女がまあ怖いと言わんばかりの仕草で肩を上げ、青く塗《ぬ》られた爪先《つめさき》を宙で文字を書くように動かした。白い光がすっと指先を離れ、受付奥に見える大階段を上っていった。

「ありがとう。王立東公園の木が風に吹き飛ばされそうになっているらしい。危険だから片がつくまで公園は立ち入り禁止。そう街に触れを出してくれ」

「何故《なぜ》?」

つんと顎《あご》をあげた女にサリは続けて指示を出したが、途端女の細い眉《まゆ》がぴくりとつり上がった。

「植樹された場所が風の通り道だったようだ。成長して通り道に頭を突っ込んでいるらしい」

「あら、それって精霊使い部のミスじゃない。東公園なら植樹前に必ず現地で検分があったはずでしょう?　精霊使いが風の通り道を正確に指示できなかったってことよね。あなたたちの尻《しり》ぬぐいにラルフを駆り出す気?」

栗毛とのやりとりを澄まし顔で聞いていた赤縁眼鏡が突然口を挟《はさ》んできた。栗毛が大きく頷いている。

「さあ。それは調べてみるまでは分からない。風の通り道を事前に正確に把握《はあく》するのは難しいし、風の通り道が本当にあるのか確かめてみたいという好奇心旺盛《おうせい》な連中があんたたちの中にもいるだろう？　とにかく今は被害が出ないよう動くことが先決だ。立ち入り禁止の触れ、あんたたちに頼んだよ」

嫌味に付き合っている暇《ひま》はない。言うべきことを言い受付を離れたサリを、女たちは忌々《いまいま》しそうに睨《にら》みつけている。

「相変わらず信じられないくらいふてぶてしいわね」

「私たちが助けなきゃなにひとつ問題解決できないくせに、どうしてあんなに偉《えら》そうな態度が取れるのか理解に苦しむわ」

「精霊使いが、私たち魔法使いと対等だと思ってるのよ」

「ありえない」

「本当に。どうしてあんな女がラルフのパートナーなのかしら」

多少声をひそめてはいるが、サリに聞こえるように話しているのだろう。女たちが話すどんな悪口も心に残らず耳をすり抜けていくが、最後に放たれた疑問にはサリも心の底から同意した。

本当にどうして、あの男が自分のパートナーなのだろう！

「こんな朝早くからなんだ、サリ・ノーラム！」

その時、一際《ひときわ》よく通る大きな声がフロアに響いた。途端、女たちはお喋りを止《や》め、澄ました笑みを声のした方へ向ける。

背の高い金髪の男がマントを羽織りながら大階段を駆け下りてくる。襟や袖口《そでぐち》に赤い線の入った公安魔法使いの制服は、この局舎の外観同様に黒く威圧的だ。サリはこの制服を纏《まと》った魔法使いたちが集団で歩いているのを見るといつも、黒い森が動いているようだと思う。

「朝食中になんだ。早く用件を言え。とっとと片付けてやる」

サリの前に立つなり、男は苛立《いらだ》ちも露《あら》わに言った。

目鼻立ちのくっきりとした男で、周囲は自信に満ちていて非常に整った顔だと言うが、サリには尊大さが滲《にじ》み出《で》ているようにしか見えない。

「東公園で木の植え替えをして欲しい」

長々とお喋りをしたい相手でもない。サリはごく簡潔に用件を伝えた。

「はあ!?」

「急ぐぞ」

男がなにか言い出す前に踵《きびす》を返し、サリは魔法使いたちの局舎を後にした。

正《まさ》に間一髪《かんいっぱつ》だった。

馬を走らせ王立東公園に辿《たど》り着《つ》いたサリとラルフが見たのは、その一角だけ不自然に暴風に煽《あお》られ、今にも折れそうにメリメリと音を立てる木々の姿だった。

周囲の木々は穏やかに佇んでいるのに、一部の木々にだけ荒れ狂った風が吹き付けて葉が飛び、折られた小枝がぱらぱらと舞うのに気づいて不思議に思ったのだろう。子供がふたり、風の吹いていない場所でその異様な光景を眺めている。立ち入り禁止の触れがこの辺りにまわるよりも先にサリたちは到着したらしい。

離れろ、とサリが叫ぼうとしたその時、更に勢いを増した風が揺れる木々の太い枝を折り飛ばした。

誰もいない方向へ真《ま》っ直《す》ぐ飛ぶかと思われた枝に、直後に折られた別の枝がぶつかり軌道《きどう》を変える。子供たちの方へ。

「逃げろ！」

叫ばれても、子供たちは突然のことに硬直して動けないでいる。

馬の腹を蹴り子供たちの元へ駆け寄ろうとしたサリの視界の隅で、ラルフが右手を掲《かか》げるの

が見えた。

白い光が空を走ったかと思うと、視線の先で子供たちへ迫《せま》っていた枝が粉砕《ふんさい》された。

ほっとしたのも束《つか》の間、そのままラルフは風に嬲《なぶ》られ続《つづ》けている木へ手を向ける。

「待て！」

嫌な予感にサリは制止の声をあげたが、男は元から聞く気がない。

男の手から放たれた力は、風に煽られている木々を次々に粉砕していった。

一本、二本、三本。

途端、それまで荒れ狂っていた風がぴたりと止んだ。空から、砂のように細かくなった木々の欠片《かけら》がさらさらと降ってくる。

「お前たち、怪我はないか」

表情をなくすサリの傍を通り過ぎ、ラルフは馬を下り子供たちへ声を掛けている。

魔法使いが力を振るう様を目の前で見た子供たちは、つい先程まで危険に晒《さら》されていたことなどすっかり忘れ、興奮した様子でラルフに飛びついた。

「助けてくれてありがとう、魔法使いラルフ！」

「俺、ラルフに助けてもらったって皆に自慢する。めちゃくちゃかっこよかった！」

「あの木、なにか変だったの？」

「魔物がついてたんだろ？　あの人、魔物使いだよな」

ぱっと、子供のひとりがサリを指さした。

「ばかお前。精霊使いって言えよ。精霊使って復讐《ふくしゅう》されるぞ」

もうひとりが青ざめ、失言した子供の口元を押さえている。

これがこの国の王都や主要都市に住む人々の、大半の精霊使いへの認識である。人ならざるものたちの声を聞き、そこから得た情報を元に人に危険が及《およ》ばぬよう事前に対策を練る精霊使いは、人知を超えた力で分かりやすく人々を救う魔法使いに比べ理解されにくい。

単純に、自分たちには聞こえないものの声を聞く、そのことを畏《おそ》れられてもいる。

田舎では魔物そのものと誤解されることさえある。

ラルフはちらとサリを振り返り、楽しげに笑い声をあげた。

「魔物がついていたわけじゃないが、お前たちにとっては似たようなものか。今日は間に合ったからよかったが、次からはおかしなものを見たら絶対に近寄るんじゃない。すぐにその場を離れて誰でもいいから大人に報告し、公安局に連絡するようにしてくれ。お前たちに怪我がなくて本当によかった。気をつけて帰れ」

腕がちぎれそうなほど手を振り子供たちがその場から去ると、笑顔で対応していたラルフは途端に真顔になった。

「腹が減った。帰る」

その前にサリが立ちふさがる。

「待て。私はこの木を、風の通り道ではない別の場所に植え替えて欲しいと言ったはずだ。それなのに何故粉砕した」

「子供の安全を優先したためだ」

サリを上から見下ろすようにして、腕組みした男は事も無げに答えた。

「風の吹き荒れるあの状況で木の植え替えなど呑気《のんき》にしていられるか。市民の安全を最優先で確保するためにその時最善の策を取る。それが俺たちの仕事だ」

ラルフは馬の背にひらりと飛び乗った。

「お前の能力は買っているが、精霊使いたるお前の仕事は誰よりも早く的確で正確な情報を俺に渡すこと、そこまでだ。現場での動き方は俺が決める。自分で動くことのできない奴が、俺に指図するなと何度言えば分かる」

眉を顰《ひそ》めいかにも不愉快《ふゆかい》そうに言い捨てると、ラルフは馬の腹を蹴り行ってしまった。報告書を提出しておけ、と偉《えら》そうに言うのだけは忘れずに。

残されたサリは奥歯を噛みしめた。

人々に危険の及ばぬよう処置すること、風の怒りを鎮《しず》めることと同時に、サリは運悪く風の通り道に育ってしまった木々を救うことも考えていた。けれど。

もっともらしいことを言ってはいたが、ラルフは腹が減ってとにかく早く仕事を終わらせようとしたに違いなかった。ここへ来るまでの間も、腹が減ったとずっと機嫌が悪かった。その結果が、件《くだん》の木々の粉砕に繋《つな》がったのだ。

ラルフの力は強力で、そこには木の根すら残っていない。

つまり、風の通り道に届くほどに成長した木々が三本、完全に死んでしまったということだった。

「すまない」

サリは呟くと、木々の欠片が砂となって落ちた辺りを撫《な》でた。この砂を手に取り耳に当てたところで、もはやどんな音も聞かせてはくれない。

あの男が木の植え替えなど造作もなく行えることを知っているからこそ、余計にこの仕業《しわざ》が腹立たしい。

(本当に嫌な奴)

ふつふつと込み上げてくる怒りをむりやり呑み込むと、サリは公園の周囲を巡って他に風の通り道に植えられている木々がないかを確認し、公園の管理人に立ち入り禁止を解除していいと伝えてその場を後にした。


サリが王都ザイルにやって来て、公安局精霊使い部公安課に入局したのは二年と少し前のことだ。

公安の名の通り、公《おおやけ》の安寧《あんねい》を守ることが仕事で、公安局は精霊使い部と魔法使い部から成《な》っている。通称、公安精霊使いと公安魔法使い。

だが、精霊使いと呼ばれてはいるものの、実際に精霊を使役《しえき》できる者などひとりもいない。

サリたちはただ、精霊の声や自然の発する音が聞こえるだけだ。ごく稀《まれ》に、彼らの気まぐれによってサリたちの願いが叶《かな》えられることもあるが、それは偶発的《ぐうはつてき》に起こるもので、あくまでも主体は彼ら精霊側にある。

だからこの職名は本来正しくないし、この名のせいで、今日出会った子供たちのように、精霊使いが精霊たちを使役してなにかをするのではという誤解を持つ人間が一定数いるのだとサリは思っている。

その上この職業に目をつけ精霊使いを名乗り、人の不安や不幸につけ込んで詐欺《さぎ》を働く者がいることも、人々が精霊使いをいまいち信用ならないと考える要因だろう。

一方、精霊使いたちの集めた情報を元に、人知を超えた力で人々を守護するのが公安局の魔法使いたちである。

サリたち精霊使いの能力が遺伝的《いでんてき》な要素を持たず、突発的に発生するものであるのに対し、魔法使いは先祖代々その能力を持つ者が多い。魔法使いの力は血で継承されていくからだろう。

もちろん、ある日突然能力に目覚めるという者も稀《まれ》に存在する。

そして当然、精霊使いにも魔法使いにも個々の能力差というものがある。

国は、優秀な精霊使いと優秀な魔法使いが常《つね》に協力体制を築くことで、より迅速《じんそく》な危険予測と防止、また一度事が起きた際により正確な情報収集と的確で確実な対応が期待できると考え、選ばれた精霊使いと魔法使いが二人一組となり任務を遂行《すいこう》する、パートナー制度を設《もう》けた。

これに推薦《すいせん》されることは、一定水準以上の能力を持つことが入局条件の公安局内においても更《さら》に高い能力の持ち主だと認められたことになり、国の要所に配されて国家守護の中心的役割を担《にな》うことは大変な名誉《めいよ》とされた。

どうやら自分の耳が他の精霊使いたちより随分《ずいぶん》良いらしいとは、入局して間もなく気づいたサリだったが、入局初日からそのパートナー制度の適正者として推薦されていたことなど、まったく知らなかった。

サリは新人局員としていくつかの現場をまわった後、とある空《あ》き地《ち》を公共の広場にするための事前検分に行くよう命じられた。

そこにやって来たのがラルフ・アシュリーだ。

兄弟も父親も祖父も曾《そう》祖父も、代々公安局勤めという生粋《きっすい》の公安魔法使い家系で、若いが既《すで》に相当な実力の持ち主という触れ込みだった。

そんな男が何故新人精霊使いのサリと事前検分のような仕事をするのだろうと、当時のサリはひとつも疑問に思わなかった。年齢が近かったため、肩書きは派手だが自分と同じ新人なのだろうと思っていたくらいだ。

ラルフは最初から、サリがパートナー制度の適正者であることを知っていたらしい。

こちらを値踏みする視線を隠しもせず、現地検分するサリの仕事をじっと見ていた。

サリの一挙手一投足《いっきょしゅいっとうそく》を腕組みで見るラルフの視線や態度は明らかに上からのもので、正直鬱《うっ》陶《とう》しく不愉快だったが、魔法使いが精霊について知識と見識を深めるための同行という名目があったため、優秀なだけあって職務に熱心な男なのだろうと思っていた。

風の通り道を探り、地中に埋まった石や水の流れを把握《はあく》する作業に本来魔法使いの同行は不要だからだ。

そうして決して狭《せま》くはない土地を歩き回り、植樹や水場を造るのに適した場所、適さない場所を記した地図が完成した時、それまで黙っていたラルフが動いた。

「説明しろ」

横柄《おうへい》な物言いに鼻白《はなじろ》むが、魔法使いたちが精霊使いに上からものを言うことには、いくつかの現場を経《へ》てサリも既に慣れ始めていた。

「この東の端に、北から南へ向けて風の通り道がある。だからここへの植樹は必ず避けて欲しい。背の高い彫像や塔も駄目だ。西のこの地点には大きな岩がある。頭上になにかを載せられるのは嫌そうだったから、水場や四阿《あずまや》を造るなら北側か中央か南側がいいだろう」

「分かった。確認する」

「え？」

ふんと鼻で笑い、男は辺りを見回したかと思うと空き地の南側に立っていた細い木に向け真っ直ぐに片手を掲げた。白い光が男の手から放たれ、木を包み込む。あっと思った時にはその木が根元から宙に浮いていた。

土をばらばらと落としながら、男が腕を動かすと木が移動する。それは、風の通り道があるとサリが示した空き地の東側に下ろされた。まるで最初からその場に立っていたかのように。

「なにも起こらんじゃないか」

ラルフは男の行動に唖然《あぜん》とするサリを振り返り、わずかに怒りを滲《にじ》ませた声で言った。

その声に我に返り、サリは男に詰め寄った。

「あんたなにを考えてるんだ。風の通り道はもっと上だ。もしあの木が当たっていたらどうなると……やめろ！」

ラルフはサリの言葉を聞くや、先程移動させたものより更に背の高い木を、今度は両手を使って持ち上げて見せた。

そのまま、東側の端へ難なく移動させる。

どすんと地響きをさせて木の移動が完了して間もなく、それまで風ひとつ吹いていなかった空に風が集まり始めた。低い唸《うな》り声《ごえ》が響き、そこに痛みを覚えるような苛立《いらだ》ちと怒りを感じ取って、サリは片耳を押さえた。

植え替えられた背の高い木の天辺がざわざわと揺れている。

「あんた、今ならまだ間に合うから元の場所へあの木を戻せ。風が怒り始めてる」

「さあ、俺にはなにも聞こえない。ただ風が吹いて木が揺れているだけにしか見えん」

「あそこにだけ急に風が集まり始めたことがおかしいと思わないのか。あちらの木は葉が揺れてもいない」

西側に立つ木々を指差せば、ラルフはちらと横目でそれを見たが、口元で小さく笑っただけだった。その場から動かず、天辺が大きく揺れ始めた木を見つめている。

この男は頭がおかしい。

サリは男を置いて植え替えられた木に近寄った。空に向かい叫ぶ。

「あんたたちの通り道を邪魔してすまない。すぐに動かすから、少しだけ待ってくれないか」

だが風は突如《とつじょ》現れた障害物に怒り、サリの声などまるで届かない。

「公安局に戻り他の魔法使いを呼んでくる。あんたがなにを考えているのかは知らんが、公安局員の端《はし》くれならなにが起きても決して人を巻き込むな」

言い捨て馬に飛び乗ろうとしたサリに、

「そんなに言うなら動かしてやろう」

ラルフは再び両手を掲げて木を高く持ち上げた。

「ばか、やめろ！」

ごっと鈍《にぶ》い音が響き、風の怒気が膨《ふく》れあがるのをサリは聞いた。

通り道に突如現れた障害物をはらうべく、集結した風が太い綱《あみ》のように絡まって勢いを増しながら、ラルフの持ち上げた木に真正面からぶつかった。

「おお、これはなかなか」

それまでただ腕を高く掲げていたラルフは風の勢いに笑いながら、左足を大きく後退させて踏ん張った。同時に、垂直《すいちょく》に立っていた木を地面に平行に倒す。これにより風の通り道から障害物が消えた。

すると唸り声は消え、ぴたりと風が止んだ。

「ふん、本当だったな」

言いながらラルフは平行にしたまま木を移動させ、元あった南側の端に戻すのかと思いきや、西側、岩が埋《う》まっているとサリが示した場所に、地中に刺さるような勢いで落とした。

途端、ぐわんと地響きがし、立っている地面が揺れた。無理矢理その場に落とされた木の根元が地割れで不安定になったのだろう。

大きく傾《かし》いだ木を見て、ラルフはやっと元あった場所へそれを戻した。最初に移動した背の低い木も同様に植え替えた後、男はサリを見て不敵に笑った。

「馬鹿め。公安魔法使いたる俺が故意に人々を危険な目に晒《さら》す真似をするわけがないだろう。俺を公安局員の端くれと言った非礼は許しがたいが、まあお前は合格だ」

「は？」

地を這《は》うような低い声が出た。男は飄々《ひょうひょう》と続ける。

「俺にはお前たちに聞こえるという自然の声などひとつも聞こえん。だが俺たち魔法使いはお前たちの情報で動く。俺は信頼の置ける情報を寄越す奴としか組みたくない。精霊使いの中には俺たちが分からないのをいいことに、嘘の情報を寄越す者もいると聞く。その点お前の検分報告に嘘はなかったし、情報精度も高そうだ。パートナー候補に入れておく」

「なにを言っているのか分からないが結構だ。どれほど腕が良くても、あんたとは二度と一緒に仕事をしたくない」

大地に根を張る木を、それほど時間を要さず根元ごと持ち上げることのできる魔法使いが多くないのはサリにも分かる。確かにこの男は能力の高い魔法使いなのだろうが、人としては最悪だ。自然物に対する敬意がまるでないことも許しがたい。

精霊使い部に帰って業務報告を提出した際、上司にラルフに対する印象を聞かれ、サリは正直に傲慢《ごうまん》で不快な男だと答えた。

だが翌週、公安局局長カルガノに呼ばれ局長室に赴《おもむ》くと、そこには腕組みをしてサリを待つラルフがいたのだった。

男に気づくなり眉根を寄せたサリを宥《なだ》めるように、カルガノはやわらかな調子で状況を説明した。

つまり、ラルフがサリをパートナーとして指名したことを。

「お断りします」

「俺の指名を断る気か」

即答すれば、ラルフが眉を吊《つ》り上《あ》げた。

「上から目線で人を試すような相手とは組めない。それだけだ」

「生意気な！　ではお前はその耳で得た情報をどう処理するつもりだ。結局俺たちに頼るほかないだろう」

公安局に来てまず最初にサリが知ったのは、魔法使いたちの多くが精霊使いを見下しているということだった。

精霊使いはただ「聞くだけ」。魔法使いに仕事を「依頼するだけ」。現場に立ち、体を張って人々を守る魔法使いと違い、精霊使いは勝手に耳に入ってくる情報を右から左へ伝えるだけの楽な仕事だと思われている。

魔法使いたちのそんな態度を受けて、精霊使いたちが好意を抱《いだ》くはずもない。両者の間には、浅からぬ因縁《いんねん》と深い溝が横たわっている。

サリは眦《まなじり》を吊り上げ男へ向いた。

「あんたのそういうところが嫌なんだ。パートナーという意味が分かっているのか？　あんたは何故私を試してまで精霊使いを求める。結局、私たちの集める情報が必要だからだろう。公安局の精霊使いたちが、あんたたちに馬鹿にされながらも何故仕事をしているのか考えたことはあるのか。国や人々を守りたいと思っているからだ。生意気だと言うなら、魔法使いだけで国を守ればいい」

転がり落ちてくる岩を砕《くだ》き、山火事が広がる前に鎮火《ちんか》させ、村を呑み込む大水から人々を守り、街を吹き飛ばす勢いの大風から家々を守る。魔法使いたちが人々から喝采《かっさい》を浴びる活躍《かつやく》をする影には、必ず精霊使いたちが日々真剣に集め分析する情報があるのだ。

「まあ、ふたりとも落ち着きなさい」

一触即発の空気に割り込んだのは局長のカルガノだった。

カルガノはラルフに頭を冷やすよう言うと、隣室にサリを招《まね》いた。

「サリ、君はその力を人々のために使いたいと、公安局に入局したのでしょう?」

丸い顔の真ん中にあるつぶらな目でじっと見つめられ、いつでも変わらぬ穏やかな調子で問われると、たちまちサリは自分が幼い子供になったかのような心許《こころもと》ない気持ちになる。

カルガノはサリの養い親オルシュに頼まれて、サリを公安局に入れてくれた人だ。今や身寄りのないサリの後見人でもある。

『あれはね、魔法使いのわりに人の声をよく聞く男だよ。だからお前の声も過《あやま》たず拾うだろう。安心おし』

全体的に丸い印象の、喋り方も穏やかな公安局の局長が、山奥に住み、とても口の悪かったオルシュとどんな知り合いだったのかは知らない。

だが初めて会った時、大きな街やたくさんの人に圧倒され、緊張と警戒でまともに口をきくこともしなかったサリにカルガノは言ったのだ。

『今、誰かの声を聞きましたか？　いいえ、今君の目がひどく優しくなりましたから。オルシュもそうでした。普段はむっつりとしてまるで怒っているようなのに、誰かの声を聞いている瞬間はいつも目が優しかった。君も彼女と同じように、人のものだけではない、広い世界を知っているのですね。オルシュに話を聞いてからずっと、私はあなたに会う日を心待ちにしていました』

自分を見つめる目には慈《いつく》しみしかなく、オルシュを語る声には懐かしさが溢《あふ》れていた。その声音にサリはほっと肩の力が抜けて、カルガノに信頼を寄せることができた。

仕事が始まるまでの間、家を探したり、街での生活の仕方を細やかに教えてくれたカルガノだったが、サリが正式に公安局に所属してからは顔を合わせる機会は当然減った。局長であるカルガノと一局員のサリには仕事上の接点がないのである。だから局舎でカルガノと向かい合って話をするのは初めてのことだった。

自分の足の爪先《つまさき》に視線を落とし黙っているサリに、カルガノは淡々と続ける。

「君の個人的な感情はどうあれ、ラルフは優秀な魔法使いで、君は優秀な精霊使いです。これはただの事実です。分かりますね？　君の耳が多くの情報を拾い、ラルフがそれに対処《たいしょ》する。

その形が多くの人を救うことになると私は思っています」

「でもカルガノ、あの男は傲慢すぎると思いませんか。私、いつかあの男を殴りそうな気がするんです」

役職名ではなく、思わず名を呼んでしまったサリをカルガノは咎《とが》めなかった。そうだね、と穏やかに微笑む。

「彼もまた、代々続く公安魔法使いの家系を継ぐ者として、その名を貶《おとし》めぬようにと必死なのです。だからと言って君に我慢しなさいと言うつもりはありません。彼の力を君の目的のために利用すると考えてはどうでしょう?」

「利用?」

怪訝《けげん》な表情をするサリに、そうですとカルガノは頷いた。

「彼の考え方は確かにある一面で傲慢ですが、公安魔法使いであることに強い誇《ほこ》りを抱き、その職務を全《まっと》うしようという気持ちは誰よりも強い。それ故《ゆえ》に、自身の力を最大限に発揮《はっき》するべく、高い能力を持つ精霊使いを欲していました」

その考え方は随分ラルフに甘いのではと思ったが、サリは黙って話を聞いていた。

「サリ、君はここへ来た理由を私に教えてくれたでしょう。自分の声が届く場所に行きたいと思った、と」

カルガノの言葉に、サリは顔を上げた。

そうだ。幼い頃からずっと、サリはその思いを胸に抱いて生きてきた。

カルガノはサリを見て、目を細めた。

「ここも決して精霊使いたちにとって完全に快適な場所とは言えません。けれど、どんな形であれ君の届けたかった声を聞く相手はいます。サリ、君の目的を果たすためにラルフを利用しなさい。君の声を聞き、彼は己《おのれ》の目的のために、自身の力を最大限に発揮して事に対処するでしょう。私のこんな考え方を君は軽蔑《けいべつ》するかもしれませんが」

穏やかな口調のまま、どうしますか、とカルガノは微笑んだ。

サリは少し考えた後、分かりましたと頷いた。

「最初からおとなしく承諾《しょうだく》しておけばいいものを。まあいい。お前に期待するのはとにかく情報収集だ。なんでも持ってくるといい。俺がすべて解決してやる。励《はげ》めよ」

パートナーの指名を受けると告げたサリに、椅子に深く腰掛けて足を組んでいたラルフがそう返した時には早速後悔しかけたが、この男を自分が利用してやるのだと思えば多少は胸がすく思いがした。

今思えば、あれはカルガノにうまく乗せられたのだろう。

パートナーとなり二年が経《た》つ今、結果だけ見ればサリとラルフの仕事ぶりは傑出《けっしゅつ》している。

ラルフは当初の宣言通り、サリが集めてきた情報には必ず対処し、成果を出した。

始めの三ヵ月は王国ランカトルの東、王都ザイルから馬で二日ほどの距離にある町に赴任《ふにん》を命じられた。小さな危険をいくつか事前に処理した後、工場の失火による火事をいち早く察知し、街全体へ広がる大火事になるのを防いだ。

その仕事が評価され、次に辞令が下りたのはランカトルの西、有数の農業地帯ケトへの赴任だった。ここには四ヵ月ほどいたはずだ。ここでふたりは、雷や雨風の情報を気象課よりも早く住民に知らせ事前の備えを手伝って重宝され、常《つね》に決壊する水路の下にある大岩を掘り出して祀《まつ》ることで決壊をなくした。そして大雨の日に山崩《やまくず》れが起きることを察知し、麓《ふもと》に住む住民を事前に避難させて市街地への被害を最小限に抑えたことで、王都に次ぐ主要都市ケナンへの赴任を命じられた。

ここでの仕事も精力的にこなした。ケナンは港町であったので、台風や雨、時化《しけ》などの情報は迅速《じんそく》に詳細《しょうさい》な触れを出し、何艘《そう》もの船が転覆《てんぷく》や遭難《そうなん》するのを防いだ。ケナンにいたのは五ヵ月ほどだ。

その後、遂《つい》に王都ザイルへの赴任命令が出た。これほど早い王都への赴任辞令が出たのにはラルフの実家からの圧力もあったのだろうが、ふたりの実績に難癖《なんくせ》をつける者はなかった。

そして王都で一年。

既に二年近い時間をパートナーとして過ごしているふたりだが、その距離は出会った頃から少しも近づいていない。

赴任先でも仕事がなければ顔を合わせることもなく、仕事が終われば即時解散だったために、仕事以外の会話をしたことがない。

周囲からラルフの噂《うわさ》めいたものは聞こえてくるが、興味のない人間のことなどサリにはどうでもよく、相手もそれは同じらしかった。

よって、ラルフは相変わらずサリのことを精度の良い情報収集人であり、魔法使いである自身を敬《うやま》わぬ生意気な精霊使いと考えており、サリはラルフを傲慢で嫌な奴だと思っている。

それでも仕事は成り立ち、一定の成果も出ている。

ラルフと同じと考えるのは非常に腹立たしいが、自身の力を使い国を守護する、という目的だけは互いに一致《いっち》しているからだ。

これから先、サリよりも高い能力の精霊使いが現れない限り、ラルフは自分とのパートナー関係を解消しようとはしないだろう。

あの男の力を利用してやれと思い、その目論見《もくろみ》は恐らく達成されているはずだが、ラルフの見せる不遜《ふそん》な態度が、時折サリを心底苛立《いらだ》たせ疲弊《ひへい》させ、落胆《らくたん》させる。

それでもサリは、この仕事を辞めるつもりはない。

自分の声が届き、誰かが救われる。

それが、サリが公安精霊使いであることの意味だ。

今の自分をオルシュが見たらなんと言うだろう。

遠くで懐かしい怒鳴り声を聞いたような気がして、サリはひとり小さく苦笑いした。

中心街に戻り、黒光りする魔法使いたちの局舎の前を通り過ぎたサリは、日の差さない細い路地を折れた。

表通りからはまったく見えないが、その奥には白い壁にヒビと蔦《つた》の這《は》う古びた建物がある。古い建物の入り口には長年風雨に晒されて塗りの剝《は》げた「公安局精霊使い部」という札が掲《かか》げられている。魔法使い部のそれと比べれば、とても同じ公安局の名を冠する局舎だとは思えないだろう。

精霊使いと魔法使いの受ける待遇《たいぐう》の差は、こんなところにも如実《にょじつ》に表れている。だが、サリは歩く度《たび》に床板がぎしぎしといい、風が吹けばがたがたと窓枠《まどわく》が音をたてるこの局舎が好きだ。蔦の這う壁の古びた趣《おもむき》も悪くない。

扉を開き、すぐ正面にある階段を上るとサリの所属する公安課のフロアがある。パートナー持ちのサリにはフロアの一番奥側にある専用室の使用が認められているが、その手前にある休《きゅう》憩室《けいしつ》の前を通り過ぎた時、中から呼び止められた。

「サリ・ノーラム、ハラル部長が至急部屋まで来るようにって」

呼び止めたのは同じく公安部の女性精霊使いであるカシャだったが、用件のみを事務的に伝えようとする声音は固い。サリを見る目には強い憤《いきどお》りがあり、だがカシャはそれ以上なにも言わず休憩室に戻っていった。

（今度はなんだ）

溜息を吐きたくなる思いでサリは専用室の前を通り過ぎ、突き当たりにある部長室の扉を叩いた。

入室を許可する声がして中に入ると、正面には渋面《じゅうめん》を作った上司ハリルが座っており、執務机の前には女性精霊使いがひとり、真っ赤に泣き腫《は》らした目をして立っている。公安課のウリィだ。こちらもサリを見ると、その目に怒りを滲《にじ》ませた。

「お呼びと聞きましたが」

扉を閉め、姿勢を正したサリに、ハリルは憤懣《ふんまん》やるかたないといった様子で目をかっと見開いた。

「サリ・ノーラム、先程魔法使い部の方々が見えて、お前が今朝指摘した王立東公園の事故は、こちらの検分ミスだと知らせてくださった。三年前にウリィが検分に行ったんだ」

ハリルの言葉に、ウリィの大きな瞳はたちまち涙で溢れた。ハンカチで涙を拭《ぬぐ》いながら、サリを睨《にら》むようにしている。

「それなのにお前は、魔法使いの皆様に非があるかもしれないと言ったそうじゃないか。あちらは名誉を傷つけられたと大層ご立腹でね。ウリィを呼び出して謝罪を請《こ》われたんだ」

「はあ」

今朝魔法使い部で嫌味を言ってきた受付のふたりの姿が脳裏《のうり》に浮かぶ。わざわざこんなことを言いに来るなんて、暇《ひま》なんだろうか。

気の抜けた返事をしたことが更《さら》なる怒りを呼んだらしい。ハリルが拳《こぶし》で机を叩いた。ウリィの肩が揺れる。

「はあ、じゃない！　どうしてお前はへりくだるということができない。我々と魔法使いの方々とではそもそも立場が違う。魔法使いの方々に失礼があれば、こういうことが起きると何故想像できない。ウリィはお前の代わりに皆様に頭を下げて謝罪《しゃざい》したんだぞ」

ひくひくと、ウリィがしゃくりあげる音が部屋に不自然なほど大きく響く。

ハリルは机の上で手を組むと、黒い眼鏡《めがね》の奥からじっとサリを見据《みす》えた。サリも相手の目を見つめ返す。

ハリルのような考えの精霊使いは、一定数存在する。

「我々精霊使いは、長い歴史のうちの大半を人々に理解されずにきた。それが今のように国家を守る地位を得たのは、先人たちの血の滲むような努力があってのこと。生まれた時からこの職務が存在していたお前には、先人たちの受けた差別や偏見《へんけん》の苦しみなど到底想像できないだろうが」

ハリルのこの話を聞くのがサリは苦手だ。ハリルは生まれた時からこの王都に住んでいたという。

精霊使いという職業が認知されているのは、この国でも精霊使いが派遣《はけん》されて常駐《じょうちゅう》している大きな都市や街だけだということを彼は知らないのだろう。

人に聞こえないものを聞いて親にも近隣の村人たちにも気味悪がられ、最終的には山に捨てられたサリだ。オルシュに拾われて成長するまで、自分の力が職業になることなど知らなかった。

「どれほどお前の能力が優《すぐ》れていようとも、決して魔法使いの方々と対等などと思ってはならない。あの方々が我々の力を必要としてくださっているからこそ、我々の現在の地位が保証されているのだ。このことをよく脳裏に刻みつけて、くれぐれも先方に失礼のないよう振る舞え。場を丸く収めるために頭を下げてくれたウリィによく礼を言っておけ」

「……はあ」

小さな声で、サリは答えた。

未《いま》だぼろぼろと涙を流しているウリィだったが、サリと共に部屋を出たところで、再びこちらを睨みつけてきた。

「私のこと、馬鹿にしているんでしょう。風の通り道も見つけることができないって」

「そんなことは思っていない」

精霊使いだからといってその能力には個人差があり、誰もがすべての精霊のどんな声でも拾えるわけではない。

本心からサリは否定したが、ウリィはいいえと首を振った。

「嘘。精霊使いがそんなミスを犯すはずがないと思っているから、魔法使いたちを怒らせるような発言が出るのよ」

サリはあの時、魔法使いたちに精霊使いのミスではないとは一言も言っていない。

かつてラルフのした所業が脳裏にあったため、一方的にこちらのせいにするなと言っただけだ。

だがそれを説明したところで、今のウリィに届くとは思えない。

「私だって真剣に検分をやったのよ。あなたには分からないでしょうけど、皆が皆、あなたみたいにできると思わないで！　私が黒服たちにどれほど嫌味を言われたか知らないでしょう⁉」

黒服というのは、魔法使いたちの纏う制服を指す。

魔法使いたちに責められたことを思い出したのか、またウリィはしゃくりあげて泣き始めた。

「ウリィ、大丈夫？」

騒ぎを聞きつけたのか、休憩室から先程サリに伝言を届けたカシャが駆け寄ってきた。

「あいつら、私のこと能無しって言ったの。サリみたいにできずに黒服に迷惑かけるなら、辞めてしまえって」

「黒服たちの言うことなんて気にしちゃ駄目よ。結局は私たちの情報がなきゃ、あの人たちだってまともに動くこともできないんだから」

ウリィの肩を抱き、カシャはしきりに慰《なぐさ》めている。

もうそこにサリがいることも忘れているのだろう。

「それにサリは特別。私たちよりずっとずっとあちら側の存在なのよ。だから私たちの気持ちなんて分からない。私たちはほとんどただの人と変わらないんだもの。比べちゃ駄目よ」

廊下には野次馬が何人も出ていたが、サリが顔を上げると目を合わせずそそくさと休憩室や執務室へと消えていった。

すっかり気分が重たくなり、サリは廊下を戻ると階段を下り、扉を開けて局舎を出た。

二年前、局長を後見人としてふらりと公安局にやってきたサリが、長年公安精霊使いを勤めてきた者たちより遙かに優れた耳と精霊たちへの理解力を持ち、誰もが聞くことのできなかった声や音を拾うのを目の当《ま》たりにした時。多くの精霊使いたちは自分たちにはないその力を畏れ、入局した直後からパートナー制度の適正者とされ、若手魔法使いたちの中でも特に実力があり、将来性の確かなラルフのパートナーに指名されたサリに嫉妬《しっと》した。

しかしサリがラルフと共に各地を転々としていた時には、遠い噂に聞くだけで彼らの日常になんら支障《ししょう》はなく、むしろ目の前に存在しないことでサリへの嫉妬心は薄れさえしていた。

だが一年前。サリが王都に帰ってきてから事態は一変した。まず、サリたちの王都赴任により、長年王都の守護を任されていた精霊使いとそのパートナーである魔法使いが一組異動となった。穏やかな中年の男性精霊使いは、他の精霊使いたちからもよく慕《した》われていた人物だった。

一方、王都に帰還《きかん》したサリは、各地でそうしていたようによく働いた。他の精霊使いたちが気づかなかった声や音を拾い、それを躊躇《ちゅうちょ》せず指摘した。

サリの指摘により事故や惨事《さんじ》が広がることを免《まぬが》れたのに感謝する者もいたが、大半は、己の能力のなさを指摘されたような気持ちに陥《おちい》り、サリに複雑な感情を抱いた。

――サリは我々とは違う。あちら寄りの存在。

いつ、誰が言い出したのか。彼らがサリと自らの能力差を納得させるために言い始めたのがその言葉だった。

一般の人どころか、同じ能力を持つ者たちからさえ、〝異端〟と見なされる。

下を向くとどこまでも気持ちが落ちていきそうで、サリは真っ直ぐ前を向くと、局舎の裏庭を目指した。

いつも人気《ひとけ》のない裏庭は、サリの憩《いこ》いの場だ。局舎の壁沿いには大きな樫《かし》の木が三本植えられていて、この幹に身を寄せていれば、大きく広がった枝葉の影になり局舎の窓から見つかることもほとんどない。

一番奥にある木の根元に足を投げ出し、サリは体をひねって幹に抱きついた。耳を当てその中心に意識を集中させると、すぐに木の音色が聞こえてくる。

木の精霊は滅多に話さないが、木の内にはそれぞれに独特の音色が流れている。

ここの木は太鼓《たいこ》のような音を持っている。葉に落ちる水音や、大きな水溜《みずた》まりに跳ねる雫《しずく》の音も。どれもが不思議に調和して、聞いていると心が安らぐ。

『木の音色なんて聞こえないわ。彼らの声でさえほとんど聞かないのに』

『俺も。聞いたことない』

精霊使いになったばかりの頃。新人のサリの周りには今よりも人がいた。

自分の気に入りの音の話になって、サリは木の奥から聞こえる音色だと答えた。

その場に居た人々が不意に戸惑《とまど》い、まるで未知のものを見るようにサリを見て言った。

実際その通りだったのだろう。

サリは精霊使いと呼ばれる人々なら同じ感覚を共有できるのだと思っていたが、その考えが間違っていたことを知った。

——サリは、私たちよりずっとあちら側の存在だから。

カシャやウリィ、他の精霊使いたちがサリに向ける視線は、かつて故郷で人々がサリに向けたものとそう変わらない。

自分は、どうしてこんなにも〝人〟に馴染まない——。

まぶたの裏が熱くなり、サリは強く木の幹を抱き締める。

そのまましばらく心を空《から》っぽにして一心に木の音色に耳を傾けていたが、誰かの足音が近づいてくる。

足音は真っ直ぐサリの座る木までやってきて、どうやらサリとは反対側に腰を下ろしたようだった。サリが居《い》ることには当然気づいているだろうに、なにも言わずにいる相手などひとりしか思いつかない。

そっと目を開けると、幹の向こうに赤い頭が見えた。相手も幹に抱きついている。

「リュウ」

「……今日も何にも聞こえねぇや。毎日頑張ってんだけどなあ。どんな音色が聞こえたか、サリがそっちで歌ってくれ。疑似《ぎじ》体験する」

呼びかけると、幹に耳を張りつけたままリュウが無茶を言うので、サリは馬鹿を言うなと返した。

「笑ったな」

幹の向こうからひょいと顔が覗き、可愛《かわい》い顔をした男が白い歯を見せてにやりとした。

その笑顔に、サリは体の強張《こわば》りがどっと緩むのが分かった。

初めて会った時から、リュウだけは変わらない。

出会った場所もここだ。サリが各地へ赴任した後、再び王都に戻った頃だった。

いつもは入らない裏庭にふらりと入ったら、たまたまサリが樫の木に耳を寄せているところに出くわしたらしい。

なにか聞こえるのか？　とわくわくした様子で駆けてきた。

年齢はサリより十も上だと言うが、身長がそう変わらないのと童顔なため、年上を意識したことはほとんどない。

魚や水をモチーフにした刺繍が背中いっぱいに刺された派手な服を着ていて、少しでも背を高く見せるため、と冗談なのか本気なのか分からない理由でつんつんと天に向かって立てられた赤い髪と相まって、どこに居てもとても目立つ。

男がぐいぐいと話しかけてくるのにサリは驚き、次いで警戒した。一体、この男は自分に何を言うつもりだろうと。

『……歌ってるのが、聞こえるんだ』

『本当かよ!?』

目を丸くして、男は躊躇《ちゅうちょ》なく幹に自分の耳を押し当てた。ぐ、と眉間に力を込めしばらく目を閉じていたが、

『駄目だ。俺、なんにも聞こえねぇ』

ぱちりと目を開けると心底がっかりした表情でサリを上目遣《うわめづか》いに見た。

その後に続く言葉を予測してサリはわずかに体を硬くしていたが、リュウは幹に耳を寄せたままサリに問うた。

『あんたにはどんな音が聞こえてるんだ?』

『……どんなって』

こちらを見上げる茶色い瞳が思いの外《ほか》真剣で、サリは言葉に詰まった。

こんな風に興味深そうに木の音について聞かれたのは初めてで、どう答えるべきか、一瞬のうちに様々な思いが巡った。

が、すぐにサリはリュウに向き合うようにして木の幹に自身の耳を押し当てた。

『そうだな。まず太鼓の音がする。軽いのと重いのとが交互に鳴って、水たまりに雨が落ちて弾《はじ》けたり、葉に打ち付けるような音が流れたりする。それだけじゃない、うまく表現できないが……』

これまで、物心ついてから木の音を聞かなかった日など一日もなかったのに、誰かに木の音について説明したのは初めてのことだった。

言葉にすると、サリが受け取っている素晴らしい音色について少しも伝えられている気がしない。もっと良い表現や比喩《ひゆ》があるはずなのに、ちっとも思いつかないのがもどかしい。

リュウは懸命《けんめい》に言葉を探すサリの説明を黙って聞いていたが、やがて、いいなあと溜息を吐くように呟いた。

『あんた本当に耳が良いんだな。木の音色が聞こえる奴なんて、俺初めて会ったよ。俺もあんたが聞いてる音色を聞いてみたいな。でも今聞こえねぇならこの先も無理か。俺、水系以外はほとんど聞こえねぇから』

『そんなことはないと思う』

がっかりした声に、サリは食い気味に答えていた。今思えば、興味を持ってもらえたことが嬉しかったのだ。

『あんたも精霊使いなんだろう。だったら聞き方を知らないだけで、聞こえないわけじゃないはずだ。毎日この木に耳を当てて、木の発する音色に集中しろ。いつか必ずあんたにも聞こえる日が来る』

突如《とつじょ》真顔で力強く語り始めたサリに呆気《あっけ》にとられた様子の男だったが、サリの言葉と表情に面白そうに笑みを深め、やがてふはっと破顔した。

『あんた、良い奴だなあ』

サリは絶句した。そんなことを言われたのも初めてで、頭が真っ白になる。

『うん、今日からやってみるよ。俺、リュウって言うんだ。水系の声に強くて気象課所属。よろしくな』

差し出された右手に、サリは戸惑った。人の純粋《じゅんすい》な好意というものにはあまり馴染みがない。

『……私は、』

相手の手を握り返すこともできず、ただ名乗りをあげようとしたが、リュウがぱっと手を伸ばしてサリの右手を取った。こちらの目を真っ直ぐに見て、しっかりと握られた手から相手の熱が伝わってくる。身長の変わらない男の手が自分より大きいことにサリは気づいた。

『公安課のサリだろ？　知ってる。ここに入るなりパートナーに指名された、全系統万能型の凄《すご》い奴がきたって皆が噂してたから。赴任先でも派手に仕事してたよな。その話も聞きたいし、また時間ある時に木の音を聞くコツとか教えてくれよ。あ、昼飯いつもどこで食べてる？　うまい店教えるから一緒に行こうぜ』

からっとした笑顔の勢いに押されてつい頷いてしまったサリだ。

オルシュやカルガノといった保護者のほかには、同僚たちからも距離を置かれ親しい相手などいなかった。

こんな風に自分に友人ができるとは想像もしていなかったが、以来、リュウはサリにとって大切な存在だ。

サリの能力をありのままに受け止めて、自身の能力を卑下《ひげ》することもない。

水系の音に特化して強いというリュウの耳は、これまでサリが聞き分けることのできなかった水の音色をいくつも知っており、サリが尋ねればいつでも気前よく教えてくれる。

リュウが局舎の裏で樫の木に耳を押し当てているのを見つけると、サリは堪《たま》らなく嬉しい気持ちになる。

そしてやはり、どれだけ無邪気で童顔であろうとも、リュウはサリより年上なのだと知ることも多い。

「うまい煮付けを食わせてくれる店を見つけたんだ。ちょうど昼時だろ。腹が減ったし、行こうぜ」

余計なことはなにひとつ言わないが、公安課に魔法使いたちが怒鳴り込んできた騒ぎを知っているのだろう。もしかしたら、サリがハリルに説教されたことも。

色んなことが重なり、サリの気持ちがどうしようもなく落ちそうになった時、リュウはふらりと現れてサリの望む〝普通〟の会話をくれる。

沈《しず》みかけていた気持ちが浮上するのを感じて、サリは立ち上がると大きく伸びをした。

「うまい煮付けを食べたら、気合い入れて報告書を書くか」

「その意気だ」

リュウがサリの背中を軽く叩く。

公安精霊使いになって二年。

パートナーとも同僚たちとも、決してうまくやれているとは言えない。

それでもサリは、公安局の精霊使いであることを辞めようとは思わない。

こんな日をこれからも繰り返していくのだろう。

そう、信じていた。

2

現在王都の守護に任じられているパートナー制度の適正者は六組十二名。そのうちの半数にあたる三組に、ある日王宮行きが命じられた。

任務は、稀少《きしょう》生物の安全確認と見学者の護衛。王弟デューカの命《めい》によるものだ。

サリとラルフは初めてだが、同行する四名は何度か同じ任務の経験があるらしい。

王都に赴任《ふにん》した際、一度だけ顔合わせをした彼らだが、守護区画が違うため共に仕事をするのは初めてのことだった。

そもそも、サリたちパートナー適正者が仕事でひとつ所に集められること自体が非常に珍しい。一体なにが起きるのかと、サリは密《ひそ》かに緊張していた。

「また王弟様の悪趣味な〝鑑賞会〟か。行く前から気が滅入《めい》る」

サリの左隣に掛けている魔法使いスルーハが大きく息を吐《つ》いた。

「今回は正視に耐えるものであって欲しいよ。詐欺師《さぎし》に妙に手を加えられた動物たちを見るのはもうごめんだ」

その向かいに座るスルーハのパートナー、精霊使いのジジも眉間《みけん》に皺《しわ》を寄せている。

「雪男だと言って熊におかしな毛皮を被《かぶ》せてきた男がいたな」

「髪から足の爪先《つまさき》まで真っ白な子供もいたわね。ろくに服も着せられていなかった」

サリの正面に掛け顔を見合わせて話しているのは、魔法使いゴスと精霊使いイーラだ。

王宮から派遣《はけん》された馬車の中、この任務に彼らが行く前から辟易《へきえき》としているのがよく分かる。

サリの怪訝《けげん》な表情に気づいたらしい。向かいに掛けていたイーラが説明してくれた。

「王弟デューカ様は日頃兄王をよくお助けになる立派な方なんだけど、ひとつだけ変わった嗜《し》好《こう》がおありでね。魔物や精霊、幻《まぼろし》と呼ばれている生物の蒐 集《しゅうしゅう》をご趣味とされているの。気に入れば大金でお買い上げになり、それを持ち込んだ者にも莫大《ばくだい》な褒 賞《ほうしょう》をお与えになるの」

即座に、サリは嫌悪を感じた。

隣に掛けるラルフの表情は変わらない。既に知っていたのだろう。

「貴族の方々の中にも同様の趣味を持つ方は少なからずいてね。めぼしい〝鑑賞物〟の情報が手に入れば、皆がデューカ様の元へそれらを持ち込む。デューカ様に取り入るために怪《あや》しげなものを探す者も多い。我々はその〝鑑賞物〟に危険がないかを確認し、ご見学の皆様に危害が及《およ》ばぬよう護衛にあたるために呼ばれたんだ」

イーラの隣に座っていたのは老齢《ろうれい》の魔法使いゴスだったが、その丁寧《ていねい》な口調にサリは内心驚いた。こちらを馬鹿にした様子が少しもない。

「あなたたちは初めてだから驚くことがたくさんあると思うけれど、なにを見ても、決して鑑賞会の邪魔をしては駄目よ。もし辛《つら》くなったら、私かゴスに言いなさい」

イーラの言葉にゴスが微笑《ほほえ》み頷いた。やはり、このふたりの間には信頼がある。精霊使いと魔法使いなのに、こんな関係もあるのかと新鮮な気持ちになったサリだったが、それまで黙って座っていたラルフが、イーラの言葉に片眉《かたまゆ》をあげた。

「こいつはともかく、俺が任務を遂行《すいこう》できないとでも？　だっ！　いきなり何をする！」

サリが右足を大きく持ち上げ、ラルフの左足を思い切り踏みつけたのだ。

「騒がせて申し訳ない。揺れた」

前半はイーラに向けて、後半はラルフに向けて告げると、イーラはゴスと目配《めくば》せして小さく口の端を上げた。構わないわと表情で伝えてくれる。

「嘘をつくな。わざとだろう」

「皆さんのお話を伺《うかが》って今思い出したことがあります」

凄《すご》むラルフを無視して、サリはイーラたちに顔を向けた。呆《あき》れた顔でこちらを見ていたジジとスルーハも、サリの真面目《まじめ》な声に表情を改める。

「一週間ほど前ですが、風たちが山からなにかがやってくると話をしていました」

サリは、記憶を探った。

あの日、彼らはとても楽しそうに語っていた。

「彼らの仲間ではないようで、白……いや、銀色をしていると言っていました。彼らの言う山と言えば北だと考え、隣国フィラルから珍獣《ちんじゅう》でも贈《おく》られるのだろうかと王宮に確認を取りましたが、そのような予定はないと回答を得ました。その後、特に異変を感じる会話を聞くこともなかったのでそのままにしていましたが、今のお話を聞き、念のため皆さんに知らせておくべきかと」

「なんだその話は。聞いていないぞ」

「今言った」

ラルフが目を剝《む》くが、ジジが口を開くのを見て黙った。

「他に覚えている会話は？」

「確か、それは生まれたばかりだと。可愛《かわい》くて綺麗《きれい》な子、とも。風たちはそれと話がしたいと言っていましたが、すぐにできなくなるとも言っていました」

「何故《なぜ》？」

イーラがサリの目を見つめる。サリは首を横に振った。

「分かりません。ただ、優しすぎるからと」

「優しすぎて会話ができなくなるということ？　意味が分からないな。動物だろうか」

スルーハが肩を竦《すく》める。

精霊使いのイーラとジジは黙り込み、サリの与えた情報を脳内で整理している様子だった。

そのパートナーであるゴスとスルーハは邪魔をしないよう、口を閉じている。

一方ラルフは、サリがその情報を今まで黙っていたということに大層腹を立てた様子で、腕組みをしてむっつりとしていた。

「その会話から想像できるのは、私もあなたと同じで新種の動物のように思えるわ」

しばらくして、顔を上げたイーラが言った。隣でジジも、僕もそう思うと、頷く。

「ただ、生まれたばかりで彼らと会話ができるのに、もうすぐそれができなくなる、という流れが気になる。生き物ならそれは死を指すけれど、そうでないものなら、死以外の意味を持っているのかもしれない」

「……魔物か？」

ゴスの声が低く響き、魔法使いたちが一斉《いっせい》に鋭い目をした。

滅多《めった》に現れることはないが、この世界に魔物は存在する。水や土、火や風。人の悪意や怨念《おんねん》。動物たちの怒り。なにが原因で生まれてくるのかも解明されていない。だがひとたび魔物が現れると、多くの街が壊滅《かいめつ》状態になると伝えられてきた。

この国に残されている文献《ぶんけん》には魔物に関する記述が一定数あり、魔物を倒すために活躍《かつやく》した者たちの名も多数記されている。

一気に緊張感の増した車内の空気を緩《ゆる》めるように、ジジはやわらかく笑って見せた。

「風たちの様子からするとそんなに恐ろしいものじゃないはずだよ。それに魔物が生まれていたら、もっと早く、広範囲で騒ぎになっている。そんな声は僕もイーラも、そしてサリも拾っていない。だからそう怖い顔をしないで」

「そうね。けれどサリがそういう声を拾ったということは覚えておきましょう。教えてくれてありがとう、サリ」

イーラからのごく自然な礼に驚き、いいえと小さく返したものの、屈託《くったく》なく接してくれる様子が嬉しくて、サリはかえって緊張してしまった。

そうこうしているうちに馬車は王宮の正門をくぐり、広大な敷地内の森を抜けると、王弟デューカの所有する別邸《べってい》の前で停まった。

王宮からはかなり離れた、周囲を高い木々に囲まれた森の最奥とも言える薄暗い場所だ。いかにも頑丈《がんじょう》そうな大きな黒い岩をいくつも積み上げて建てられた四角い建物は、王宮周辺に並ぶ邸宅の瀟洒《しょうしゃ》な外観とは程遠い。見るからに暗く、異様な空気を纏《まと》った建物だった。

裏へ回ると、表からは見えなかったが、幌馬車《ほろばしゃ》が一台、木の陰に紛《まぎ》れているのが分かった。

「あの中に今日の〝鑑賞物〟がいるの」

「とりあえず危険がないか確認しよう」

イーラとジジに促《うなが》されたサリは辺りの声を拾い始めるが、すぐに顔を顰《しか》めることになった。

——可哀想。

——泣いているよ。

――ずっとずっと泣いているよ。

イーラとジジにも風たちの声が聞こえたのだろう。ふたりとも険《けわ》しい表情をしているが、無言のままだ。

「危険はないようです」

「同意」

確認し合うと、イーラはそれを伝えに先に建物へ入っていく。ジジに促され後に続くと、背後で魔法使いたちの声が聞こえた。

「デューカ様の命がない限り〝鑑賞物〟は殺すな」

「万が一なにかあっても、〝鑑賞物〟にはなるべく傷をつけないようにしろ。事後処理が大変なことになる」

「分かりました」

精霊使い相手には横柄《おうへい》だが、魔法使い相手だと、ラルフの態度はまともだ。特に今日は、王宮での仕事ということもあってか静かに気合いが入っているのを感じる。

建物に入る間際、サリは肩越しに振り返り、暗闇にある幌馬車を見つめた。

これから、自分たちは一体なにを見ることになるのだろう。

四角い建物の中は、まるで円形劇場のようだった。中央に丸い舞台があり、その周囲には階段状の座席が設《もう》けてある。

サリたちは三組に分かれ、円形舞台の周囲に等間隔《とうかんかく》に立った。

数百席はあるだろう座席はほぼ埋まり、貴族たちはそれぞれ顔をマスクや仮面で隠している。女たちは美しい色の羽でできた扇子《せんす》を持ち、口元を隠しては何事かをひそひそと話している。

壁に掛けられた蠟燭《ろうそく》の炎《ほのお》がゆらめいて場内に妖《あや》しい光を投げ、人々の囁《ささや》き声がざわめきのように聞こえ、サリはこの空間に酔《よ》いそうだと思った。

やがて正面扉が開き、王弟デューカの来場が伝えられると、貴族たちは一斉《いっせい》に立ち上がり拍手で会の主催者を迎え入れた。

サリはその時初めてデューカを見た。

栗色《くりいろ》の髪を櫛《くし》で綺麗に撫で上げた、中肉中背の爽《さわ》やかそうな男だ。三十代半《なか》ばといったところだろうか。拍手に軽く手を挙げ応《こた》えると、特に挨拶《あいさつ》をするわけでもなくデューカは舞台正面に設《しつら》えられた席に掛けた。

長い足をゆったりと組み、彼が両手を組み合わせると、それが開始の合図だったらしい。

一番広い通路の奥扉が大きく開き、観客たちは一斉に、身を乗り出すようにしてそちらを向いた。

ガラガラと鈍《にぶ》い音をたて、台車に乗せて運び込まれてきたのは、布に覆《おお》われた巨大な四角いなにか。

サリは近づいてくるそれに目を凝《こ》らした。

耳を澄ませるが、もう風の声は聞こえない。代わりに、中から小さくしゃくりあげる声がする。

台車を運んできたのは上半身裸の屈強な体つきの男たちだった。舞台脇まで台車を寄せると、四人でそれを持ち上げ、舞台中央へと下ろした。

次いで舞台上に現れたのは、商人のような格好をしたひょろりと背の高い男だった。手には何故《なぜ》か長い棒を持っており、よく見れば男の纏う上着やベストはくたびれ、ひどく汚《よご》れている。

「デューカ様、本日お集まりの皆様、この度《たび》はしがない物売りの私めにこのような舞台に立つ機会を与えてくださり、誠《まこと》に感謝いたします」

「前置きはいい。さっさと見せろ」

大げさな動作で口上を述べ深々と頭を下げていた男へ、デューカが笑いながら声をかけると、商人はひゃっと飛び上がった。その様子が滑稽《こっけい》だと、観客たちはげらげら笑う。

「失礼いたしました。それでは早速お見せいたしましょう。本日私がお届けするのは、未《いま》だかって誰も見たことがないもの。魔物とも精霊とも知れぬそれを、呼び寄せることができる者」

男は舞台上を歩き回り、手にした棒を大きく振って、観客たちを見回し、低く作った声で時に囁くように、時に大声で煽《あお》るように訴《うった》える。

次第に観客たちの熱が高まり、場内は静かな期待と興奮に包まれていく。

「まずはご覧ください。魔物の子を！」

商人の言葉に、サリはわずかに肩を震わせた。

覆っていた布がばさりと外され、露《あら》わになったのは鉄格子《てつごうし》の檻《おり》。そしてその中に座り込んでいるのは、幼い子供だった。まだ十にも満たないように見える。子供の周囲には、食べかけの果物がいくつか転がり、舞台のすぐ近くにいたサリの元に腐臭《ふしゅう》が漂《ただよ》ってくる。

突然視界が開けて驚いたのだろう。小さな体を大きく震わせ、今なにが起きているのかさえよく分かっていないようだった。やがて自分を見つめる無数の目に気づき、子供は真っ白な顔をして檻の中を後ずさる。

今日のために着せられたのだろうか。真新しく見える白い服は女物だが足は裸足《はだし》で、足の裏が真っ黒になっている。男の子のように短く切られた髪はざんばらで、頬は涙と泥《どろ》で汚《よご》れて、剥《む》き出《だ》しの腕には青い痣《あざ》がいくつも見える。

まあ。あの子が魔物？　愛らしい子供に見えるけれど。いやいや見た目に惑《まど》わされてはなりませんよ。

「王国ランカトルの北、黒槍《こくそう》山脈の国境に小さな村があります。私はそこで、村人から畏怖《いふ》されるこの魔物の子に出会ったのです！」

子供が両耳を塞《ふさ》ぎ、体を小さくする様をサリは瞬《まばた》きもせず見つめていた。

どくりどくりと、耳の傍《そば》で心臓が鳴っているような気がする。

「この容姿に騙《だま》されてはなりません。恐ろしいかな、この魔物は村に水害を引き起こし、村の子供たちを山で惑わせ、止《と》めに村に大風を呼び、世話をしてくれた一家の家を吹き飛ばしたのです。憐《あわ》れ、この魔物に情けをかけたばかりに、一家は全滅《ぜんめつ》しました」

まあ恐ろしい。信じられない。

囁き声がさざ波のように広がり、サリはその光景にわななないた。

突如《とつじょ》、あー！　あー！　と甲高《かんだか》い叫び声が響いた。

自身の耳を塞《ふさ》いだ子供の声だった。

体を丸め、地面に向かって必死になって叫んでいる。

「黙れ！」

即座に商人が長い棒を格子の間に差し込み、子供の体を強く突く。

「やめ！」

「やめろ。黙って最後まで見ていろ」

堪《たま》らず叫び、舞台に上がろうとしたサリの口を塞いだのはラルフだった。

信じられない。

サリは嫌だと首を振った。だがラルフの腕の力は強く、サリの力では到底抜け出すことができない。

（あの子は人間だ。魔物じゃない）

塞がれた口の下で叫ぶが、音は少しも言葉にならない。どころか、ますます強く塞がれる。

「我慢しろ。あれはデューカ様の〝鑑賞物〟だ」

押し殺したようなラルフの声が耳元で響くが、納得などできない。サリはめちゃくちゃに頭を振りわずかな隙間を作ると、自分の口を塞ぐラルフの指に嚙みついた。

「サリ！」

痛みに一瞬ひるんだラルフの手がサリの口元から離れる。

「詐欺師め！　その子は魔物ではない。精霊使いだ！」

ラルフに羽交い締めにされたまま腹の底から叫んだサリの声は、場内に響き渡った。

辺りがしんと静まりかえる。

商人は突如入った横やりに虚を突かれたようだったが、すぐにサリを見て小狡《こずる》そうな顔に笑みを浮かべて見せた。

「あなたは公安精霊使い様ですね。いえいえ。この者は魔物ですよ。あなた様とは違います。恐ろしい災厄《さいやく》を村に招いた上に、仲間を呼んだのですから」

反論しようとしたが、再びラルフに口を塞がれてなにも言うことができない。

「当然、仲間とやらをこの場で見せてくれるのだろうな」

デューカの声が響き、場内は歓声に包まれる。

商人は余裕に満ちた表情で、かしこまりましたとデューカに一礼して見せた。

「一体、これが何物であるのかは私にも分かりません。その姿は人のものでありながら、人ならざる美しさを持ち、顕現《けんげん》は自在です。しかしその存在が確認され始めてから、村の災厄は増えたというのですから、魔物が魔物を呼び、村へ災厄を引き寄せたと考えるのが妥当《だとう》でしょう」

鉄格子には小さな扉がついており、商人が示すと最初に台車を押してきた屈強な男たちのうちのひとりが、手に棍棒《こんぼう》を持ち檻の中に入っていく。

やめろ、やめろと心の中で叫びながら、サリはその光景を見つめていた。

子供は扉が開いた音に顔を上げ、男が入ってくるのを見て、その小さな瞳を恐怖と絶望に染めた。

男が近づき、猫でも摑むように子供を持ち上げると、檻の中央へ投げた。

観客によく見えるようにそうしたのだ。

「それでは皆様、ご覧ください。世にも美しい魔物の姿を」

投げ出された子供はすぐに起き上がり逃げようとしたが、その小さな体に向かって、男は棍棒を振り上げた。

子供は自分に振り下ろされるそれを、恐怖に彩《いろど》られ、限界まで見開かれた瞳で見つめている。

「シロ————!!!!」

悲鳴のような絶叫が場内を震わせた。

扉の閉め切られた室内を風が駆け抜けた。蠟燭の火が一斉に消え、観客たちから悲鳴があがる。

「おい、見ろ!」

誰かが叫ぶまでもなく、サリは一瞬たりとも子供から目を離してはいなかった。

棍棒が子供に当たることはなく、檻の中に入っていた男は、子供が叫ぶなりすぐさま檻から抜け出したのだ。

「サリ、あれはなんだ」

ラルフが呟く。

「……バク」

ラルフの問いに答えたわけではない。信じられない気持ちで、サリはその名を呟いた。

子供の頭上に一筋の光が差したかと思うと、次の瞬間、そこには人の姿があった。

それは銀色の髪を緩くなびかせ、容姿は冴え冴《さ ざ》えと美しく、口元にほのかな笑みを浮かべ、檻の中、中空に浮かび両手を伸ばすと子供をやさしく抱き締めた。

まるで神聖な一枚絵のような光景に、場内からは溜息さえ漏れている。

「お前は何ものだ」

檻に向かって問うたのは、デューカだった。

だが〝魔物〟は答えない。

「これはどんな力を持っている。見せろ」

デューカは舞台脇に避けていた商人に命じたが、商人は初めて、慌てたように首を横に振った。

「申し訳ありませんが、これがどのような力を持っているのか、私には分かりかねます。ただ分かっているのは、この子供が美しい魔物を呼ぶということだけでして」

揉《も》み手《て》をして言う商人の姿を鼻で笑い、デューカはふとサリとラルフへ視線を向けた。

「おい、そこのお前。この魔物がなにをするのか見たい。撃て」

ラルフに羽交い締めにされていたサリは、ラルフの奥歯がぎしりと鳴るのを聞いた。

が、すぐに承知しましたと告げ、ラルフはサリを解放した。

ラルフの右腕が檻に向けられるのを横目に、サリは死に物狂いで舞台上に駆け上る。

「撃つな！」

「馬鹿が！　避けろ！」

人々は、ラルフの放った光の前に、サリが両手を広げて立ちはだかるのを見た。

同時に、子供を抱き締めていた〝魔物〟がサリとラルフに向かい手を掲《かか》げるのも。

ラルフから放たれた白い光はサリを撃ち、〝魔物〟が放った青い光はサリとラルフ、ふたりを包んだ。

ひどい衝撃を覚悟していたが、不意にやさしいぬくもりに覆われて、サリは奇妙に空間が歪《ゆが》んだような気がした。

（懐かしい）

それから、突如《とつじょ》燃えるように体が熱くなったかと思うと外界の音がぷつりと遮断《しゃだん》され、サリの意識はそこで途切れた。


苦しくて、寂しくて、堪らない。


物心ついた頃から、サリの世界には多くの音や声が溢《あふ》れていた。

風の笑い声は軽やかで、怒れば唸《うな》りを上げ恐ろしく、世界中を駆け巡《めぐ》っては見聞きしたことを楽しげに語る。綺麗な水はきらきらと流れ、濁《にご》った水はどくどくと嫌な音がした。水はその場に留まることがほとんどないので、話をじっくり聞くことはなかった。土は滅多《めった》に声を上げなかったけれど、春になると小さな小さな声で喜びの歌を歌う。歌わなくても、どん、どどん、

と軽く音を立てている時があって、それを聞くとサリは楽しくなって一緒に足を踏みならしたものだった。喋《しゃべ》り声《ごえ》が大きいのは火で、遠くからでもその声はよく聞こえた。松明《たいまつ》の火や祭りの火の音はばちばちと苛烈《かれつ》で恐ろしいほどなのに、たき火の火の音はゆらりゆらりとやさしくて、サリはそれがとても不思議だった。

――あの子、誰もいない場所に向かっていつも話しかけているんだよ。気味が悪いわ。

――この間も、空を指して雨がくると言ったらいくらもしないうちに雨になったよ。

――なんだいそれ。まるであの子が雨を呼んだみたいじゃないか。恐ろしい。

――この前は雷を呼んだらしいよ。あの子が落ちると言った場所に落ちたんだ。

――気持ち悪いねぇ。子供たちに遊ばないように言っておかないと。怪我でもさせられたら大変だ。

サリが表を歩くと人が避けていくようになったのはいつだったか。

――魔物がくるぞー！

――魔物はこっちにくるな！

子供たちはそう言ってはやし立て、サリが近寄ろうとすると蜘蛛《くも》の子を散らすように逃げていく。

サリはあまり表を出歩かなくなった。

『おかあさん、ねえ、そこに物をおかないでって地面がいってるよ。木の根っこがのびたいんだって』

――お前は！　どうしてそんなことを言うの！　地面は喋ったりしない！　風も火も水も！　木も喋らないの！　お前と話していると頭がおかしくなりそうだよ。どうしてお前は皆みたいに普通にできないの！

母親は時折、気が狂ったように泣き叫んで、サリをぶった。

恐ろしくて、悲しくて、サリは家の裏山にひとり入っては、栗の木に抱きついてその音に慰《なぐさ》められていた。

山はサリを拒《こば》まず、風や水は気まぐれにサリの声を聞いてくれる。

そんなある日、逃げなさいと、山がサリに告げた。

正確には抱きついた栗の木の、サリの足の下に広がる地面が。

――ここは崩れる。逃げなさい。

――早く早く。遠くへ行かなきゃ。今すぐ行かなきゃ。

――あの川よりももっともっと向こうまで。

栗の木のすぐ傍から流れる湧《わ》き水《みず》たちも、緊迫した様子で叫んでいる。

サリは子供心に異変を感じ、家へと飛び帰った。家に誰もいないことを確認すると畑へと駆けていく。

『おとうさん、おかあさん、山が崩れるよ。早く逃げよう』

畑で作業している両親を見つけ、サリは大声で叫んだ。今にも山が崩れてくるのではないかと気が気ではなく、必死だった。

父親はサリを見ると少し困った顔をしてそのまま作業を続け、母親は眉を吊《つ》り上《あ》げた。

——お前はまたそんなでたらめを言って！　家に帰っておとなしくしていなさい！

隣の畑で同じように作業していた男にも、サリは叫んだ。

『おじさん、山が崩れるよ。早く逃げて。みんなにそう言って』

『おばあちゃん、山が崩れるんだよ。早く、早く逃げて』

道ばたで泣きながら叫ぶサリを見つけて、近所の子供たちが集まってきた。

『山が崩れる。山が崩れるから、みんな逃げて』

泣きながら、ひたすらそれだけを繰り返すサリに子供たちは顔を見合わせ、不安に駆られたのか幼い子供たちが泣き始める。少し年嵩《としかさ》の子供たちがそれに怒りを露わにした。

——魔物、そういうこと言うのやめろよな！

——そうやって人を脅《おど》して楽しいのか？

——いつ山が崩れるんだ。言ってみろ！

——泣いてないで、はっきり言え！　魔物！

小突《こづ》かれるサリを見て大人たちがやってきて、サリは周囲に頭を下げる両親に引きずられて家に帰された。

山が崩れたのはその二日後のことだ。

サリがあまりにも山が崩れると怯《おび》えて泣き叫ぶのに両親が疲れ果て、一家は隣村の親戚《しんせき》の家を訪ねていた。

山が崩れたことを、サリは風から聞いた。

青い顔をした両親と共に村に帰った時、目の前に広がっていたのは土砂に呑《の》み込《こ》まれた村の姿だった。

村人たちはサリを取り囲む。

——山が崩れることを知っていたのに、何故皆に言わなかった！

——お前がやったのか。

——どうしてもっと、はっきり言わなかったんだ！

——お前が皆にしっかり伝えていたら、皆逃げていたんだ。

——どうしてお前たちだけ逃げた！

——村に災厄を運ぶ魔物め！

——出て行け！　この村から出て行け！

泣き腫《は》らし、疲れ果てた母親が虚《うつ》ろな目をして父親に告げた。

——もうこの子を私たちが育てるのは限界よ。気が狂ってしまう。

両親はサリの手を引き、村から遠く離れた山へ入った。

――すぐに戻るからね。

夕闇《ゆうやみ》が濃くなる前に、そう言い残して両親は去って行く。

月のない夜。辺りは暗闇に包まれ、サリはひとりになった。

『おかあさん、すてないで。おとうさん、置いていかないで。ごめんなさい。ごめんなさい。ふつうにするから。もうなにも言わないから。だからひとりにしないで』

心の底は冷え切り、寂しくて寂しくて凍《こご》えそうだった。

誰でもいい。誰か、傍にいて。私の声を聞いて。


――大丈夫。君をひとりにしたりしない。


涙も涸《か》れ果《は》て、意識も朦朧《もうろう》とし始めた頃。

ふわりと、ぬくもりがサリを包み込んだ。

驚いて顔を上げると、そこには恐ろしいほどに美しい顔をした男がサリの目を覗き込んでいた。

「……新月《しんげつ》」

掠《かす》れた自分の声で、サリは目を覚ました。

目に入ったのは見知らぬ天井《てんじょう》。辺りを見回すために顔を横に向けると、泣いていたのか、目から涙がこぼれ落ちた。

久しぶりに昔の夢を見たせいで気分が悪い。あの頃の夢など長い間見ることはなかったのに。

ひどい寝汗をかいたらしく、寝間着がしっとりと重く不快だった。

誰かの家なのだろうか。寝かされているベッドは、サリが三人眠れそうなほどに広い。頭が沈《しず》み込《こ》むふかふかの枕《まくら》がふたつ。他にも、ベッド脇に革張りのソファや衣装棚《だな》、丸テーブルに椅子など、立派な家具が設えられている。

寝間着も、サリが普段着ているものに比べて随分《ずいぶん》肌触りの良いものだ。

喉が渇《かわ》いていることに気づいて体を起こそうとした途端、強烈な目眩《めまい》に襲われて枕に倒れ込んだ。

体が熱を持っていて重だるい。

一体ここはどこで、自分はどうしてこんな場所にいるのか。

考えようとすると、頭がぐるぐるとしてうまく集中できない。

体がだるいのと頭が重いのに任せてうつらうつらしていたら、足音が近づいてきた。静かに扉が開き、誰かが入ってくる。

「サリ！　目が覚めたのか！」

大きな声に薄目を開けると、視界いっぱいにリュウがいた。

涙目でこちらを覗き込んでいる。

「リュウ、どうしたんだ。なにかあったのか」

いつも明るいリュウが涙ぐむ姿など想像したこともなく、サリは驚き上体を起こそうとした。

だがそれは、呆れ顔のリュウに制される。

「どうしたはこっちの台詞《セリフ》だぜ、サリ。お前、一週間も意識がなかったんだぞ。俺はもうお前が目を覚まさねぇんじゃって気が気じゃなくて。ちょっと待ってろ、とりあえず医者を呼んでくる。いいな、そのままおとなしく寝てろよ。起きるなよ」

再び目を潤《うる》ませたリュウは手の甲《こう》で乱暴に目元を拭《ぬぐ》うと、部屋を飛び出していった。

すぐに医者がやって来て簡単な診察をした後、サリの意識に問題がないことを確認すると、今すぐこれを読むようにと、書簡を渡してきた。

封蠟の押された真っ白な封筒を開けると、書面が一枚。

――先日の任務について、一切の他言を禁ずる。

サリが目を通したことを確認すると、医者は封筒ごと書面を返すように言い、その場でそれを破った。

「まだ熱が下がっていませんので、面会はほどほどに」

病室の外で待っていたリュウが、そう告げて出て行った医者と入れ替わるように入ってきて、しみじみとした様子で息を吐いた。

「大変だったな。お前とラルフが任務中の事故で意識不明になったって、局舎じゃえらい騒ぎになってる。目が覚めて一安心だ」

リュウの言葉に信じられない名を聞いて、サリは目を瞠《みは》った。

「ラルフが？　どうして」

あの時、ラルフの放った力の前に飛び出したのはサリだ。その後、ラルフになにかが起きたというのか。

リュウは背後をちらと見やった後、サリの方へ身を寄せて声をひそめた。

「お前もあいつも、〝鑑賞会の魔物〟にやられたんだろ。魔物の放った光に包まれてふたりとも倒れたって」

「……どうしてそれを」

つい先程、サリは箝口令《かんこうれい》を敷く書簡を受け取ったばかりだ。

驚くサリに、リュウは楽しそうに目をきらめかせ、いつも通りの笑顔でにこりと白い歯を見せた。

「それなりに顔は広いんでね。高貴な方々にも知り合いがいる。お前がこんな状態だっていうのに、上から全然情報が降りてこねぇから腹が立って。ま、貰《もら》った情報にも胸くそが悪くなったけどな。お陰で局長に話つけてここの入館許可も貰えたんだ。あ、ここがどこか気づいてないだろ。王立病院だぜ。しかも王室付き医師がつきっきりの特別個室待遇《たいぐう》」

当然だけどな、とけろりと言う男にサリは脱力する。サリを思ってのその行動力が嬉しいやら呆れるやらで、なんと言って良いのか分からない。

ただ、リュウがあの時のことを噂《うわさ》程度でも知っているのなら、サリにも聞きたいことがあった。

ラルフの容態は？　他の精霊使いや魔法使いの皆は無事だったのか。見学会の主催者や観客に怪我人は？　それから、魔物はどうなったのか知っているか――。

「大丈夫だ、サリ。落ち着け。多分、お前の心配するようなことはほとんど起きてない」

リュウは前のめりになったサリの両肩を抱いて、ベッドの背にもたれるよう促した。

「ラルフは三日ほどで目が覚めて、体調が戻るまで自宅療養になった。あの〝鑑賞会〟で、お前とラルフ以外に被害者はいない。それから、魔物だけど」

廊下を歩く足音が聞こえ、リュウはそちらを見るとサリの耳元に顔を寄せた。

「消えたらしい」

「消えた？　ふたりともか」

無言で、深くリュウは頷いた。

同時に部屋の扉が叩かれ、看護師がリュウに面会時間の終わりを告げる。

「また明日も来るから、とりあえず今日はしっかり休め。飯も食えよ」

静かになさいと看護師に注意されるほどの明るさでリュウが去ると、部屋は一気に静かになった。

目覚めたばかりで急に喋ったせいか、ひどく疲れた気がする。

だが、サリは顔を強張らせて今聞いた話を反芻《はんすう》していた。

リュウは、サリとラルフ、両方が〝魔物〟にやられたと言ったが、本当はそうではない。

サリはラルフの力に撃たれたはずだ。

しかし、ラルフの力に貫《つらぬ》かれたはずの体には傷ひとつない。寝間着をまくり上げるが腹はつるりと綺麗なもので、火傷《やけど》すら負っていない。

そんなことがありえるだろうか。

唯一考えられるとしたら、それは〝魔物〟の力だった。

ラルフの力に撃たれたと思ったあの時、なにかあたたかいものに包まれた気がした。

それはサリにとって、ひどく懐かしい感覚だった。

(あれが〝バク〟なら、決して私たちに危害は加えない)

リュウはサリとラルフが〝魔物〟の力に包まれた後に倒れたと言っていた。

つまり、ラルフはともかくサリは〝魔物〟の放った力に守られたに違いない。

そうして、〝魔物〟と子供はあの場から消えたという。

〝バク〟が彼女を連れて逃げ出したのだ。

(よかった)

両耳を塞いで叫び声をあげていた子供の姿が思い浮かび、サリは込み上げてきた涙を枕で強引に拭《ふ》いた。

あの子供はかつてのサリと同じ。

誰にも声を拾って貰うことのできない幼い精霊使い。

一刻も早く探し出し、保護して、彼女の言葉を聞いてやりたい。

そうして、あの〝バク〟を解放しなければならない。

サリが、かつて〝新月〟を解放したように。

(早く探しに行かなければ)

心は焦《あせ》るが、体は疲労を訴《うった》え、頭もうまく働かない。早く早くと思いながら、意識が再び遠のいていく。

サリはその時、自分を取り巻く世界の静かさに気づかなかった。

彼女の知らない静けさに。

次に目覚めると朝だった。

リュウが訪ねてきてくれていたのは前日の夕刻あたりだったから、あれから一度も目覚めず眠っていたことになる。

体の奥にまだ熱があるようだが昨日に比べて気分は随分マシになり、体を起こしても目眩はない。

昨日は気づかなかったが、ベッド脇には水差しや立派な果物籠《かご》が置かれていた。リュウからの見舞いだろうか。

つやつやとしたオレンジを目にした途端、腹が空腹を訴《うった》え、サリは自分に苦笑しながらそれをひとつ取った。

ベッドから降り立つと多少ふらつく感じがあったが、軽く首を振り窓辺へ向かう。

閉じられていたカーテンを両側へ大きく開くと、植木が幾何学《きかがく》模様に刈《か》り込《こ》まれた庭が目に入った。噴水や四阿《あずまや》まであり、一瞬ここがどこか分からなくなる。

広い庭の向こうに木立《こだち》が続き、その向こうは高い壁になっていて、街の景色を見ることは叶《かな》わない。

そう言えばここは王立病院だった、とサリはその時思い出した。

今までこの病院を囲う白く高い壁は外から何度も見たことがあったが、中に入ったことがなかったのだ。

さすが、王室付きの医師が勤め、貴族たちが利用する病院だと感嘆《かんたん》の口笛のひとつも吹きたくなる。

王弟主催の見学会の被害者でなければ、一生利用することなどなかっただろう。嬉しいとは少しも思えないが。

まだ朝早い時間のためか、庭には誰も居《い》ない。その静けさが心地良く、窓辺に椅子を寄せて掛けるとサリは行儀悪く片膝を立て、庭を見ながらオレンジに齧《かじ》り付《つ》いた。

脳裏《のうり》に浮かぶのは寝る直前まで心配していた子供と〝魔物〟――バクのことだ。

「スクード、風たちはあの時、もうすぐバクは喋ることができなくなると言っていたな」

昨日は頭が朦朧としてよくまわらなかったが、サリはもう一度、家の窓辺で楽しそうにバクの話をして去って行った風たちの会話を思い出していた。

銀色で、彼らの仲間ではなく、生まれたてで、綺麗でやさしく、それ故《ゆえ》に、もうすぐ喋ることができなくなる。

風たちは確かにそう言っていた。

バクが喋らなくなるならば、要因はふたつ。存在が消滅するか、もしくは――。

「スクード?」

しばらく待ってみても馴染みの声が聞こえず、サリは右手首に視線をやった。

赤い結《ゆ》い紐《ひも》に通された黒い石は、いつもと変わらぬ表情でそこにある。

「スクード、どうしたんだ。私が倒れて驚いたのか？　まだ生きてる。驚かせて悪かった。謝るから、声を聞かせておくれよ」

手首を目の前に掲げ、石を正面に見つめながら謝るが、スクードは沈黙したままだ。石の精霊は言葉少なだが、スクードがサリの求めに一言も応じないことは珍しい。

「スクード？」

サリは俄《にわか》に不安になり、石を耳元に宛《あて》がう。集中してスクードの声を拾おうとするが、返ってくるのは沈黙ばかり。

一体どうしてと考えかけ、サリははっと目を見開いた。

サリがバクの放った力に包まれたのだから、当然、スクードも同じ力に包まれたのだ。その影響だろうか。

右腕が微《かす》かに震えて、サリは拳《こぶし》を握り締めてそれを抑えようとした。

スクードは、養い親のオルシュがくれたサリの守り石だ。

幼い頃から常《つね》に傍《そば》にあって、風や水のようにかしましくお喋りすることはないが、必要な時にはいつでもサリの声に応《こた》えてくれた。

スクードの低く落ち着いた声が聞こえないことに、サリはどうしようもなく心細さを覚えた。おろおろと周りを見回し、気持ちを落ち着けようと部屋を歩き、スクードを耳元に当ててその声が聞こえないかと、意識を集中する。

（バクだ。あのバクを探して、スクードを元に戻して貰わなくては）

サリは窓辺に両手をつき、身を乗り出した。

「誰か、銀色の綺麗なバクを見なかったか？　少し前にこの辺りに現れた子だ。知っていることがあったらなんでもいい。私に教えてくれないか」

ちょうどその時、庭を散歩していた老人がいたが、空に向かって叫ぶサリを見上げてぎょっとした表情になり、そそくさと庭から出ていった。

サリは睨《にら》むようにして空を見つめていて、そんなことにはひとつも気づかない。

見つめる空は青く、薄く浮かぶ雲の流れは割合速い。木立を風が揺らす葉ずれの音が聞こえる。

しばらく黙っていたサリだが、その表情は次第に硬く険《けわ》しくなっていく。

（……声が、していない）

気づいた時、背筋がひやりとした。

空は、恐ろしく静かだった。

風たちは基本的にお喋りだ。人々の会話のように、彼らがなにか喋っている声はサリの耳にいつだってざわめきのように入ってくるはずなのに。

狼狽《うろた》える自分を叱咤《しった》するように空に視線を彷徨《さまよ》わせた後、庭に目をやり、四阿の傍にネムノキが生えているのに気づいた。

サリは寝間着のまま部屋を飛び出した。

絨毯《じゅうたん》の敷かれた廊下を駆け、美しい螺旋《らせん》階段を一段飛ばしで飛び降り、通りすがりの患者に庭への出口を訊《き》く。

怯えた顔で庭の方を指差すのに礼を言い、サリは真っ直ぐネムノキを目指した。

飛びつくように幹に抱きつき、耳を押し当てる。自分の心臓の音が大きく耳元で鳴るのが煩《うるさ》い。サリは深呼吸をし、落ち着け落ち着けと心の中で唱《とな》えた。

(大丈夫)

やがて呼吸が落ち着き、心臓の音も平常に戻ると、サリは目を閉じて木の音に耳を澄ませた。

いつもなら気にならない木々を渡る風の音がやけに大きく騒がしい。小鳥の鳴き声が辺りに爽やかに響いて、けれど、ネムノキはサリに音を返してはくれない。

(聞こえない)

足下から崩《くず》れ落《お》ちそうな心地になり、サリはきつく幹を抱き締めた。再び心臓が耳元で音を立て始め、膝が震えてくる。

世界から、精霊たちの声が消えていた。

いついかなる時にもサリには聞こえていた、自然の発する美しい音楽も。

「なにかありましたか。こんなところでなにをしているんです」

「まあ、あなた裸足じゃないですか！　怪我はないですか」

誰かが知らせたのだろう。医師と看護師が駆け寄ってきた。

のろのろと顔を上げ、サリは小さな子供のように呟いた。

「聞こえないんです。なにも。なにも聞こえなくなってしまった」

（どうしよう）

スクードがおかしくなったわけではない。

サリの力が消えてしまったのだ。

真っ青になったサリの様子がただならないことに気づき、医師と看護師は呆然《ぼうぜん》とするサリを抱《かか》えて病室へと戻った。


世界があまりにも静かで、サリは自分がこの世にひとりきりになってしまったような気がしていた。

精霊たちの声や自然の発する音は物心ついた頃からサリの世界にあり、彼らはいつどんな時でもサリの傍に在《あ》った。

なのに彼らの世界から弾《はじ》き出《だ》されてしまった。

その事実が、サリには震えるほど恐ろしかった。

確かにサリは、同僚たちが「あちら側の人」と呼ぶように、人よりも精霊たちの方に馴染みがあり、信頼があり、親しみがあったのだ。

彼らはサリを魔物とは呼ばず、気まぐれではあったがサリの声を聞き、サリに声を返してくれた。

彼らの存在が当たり前すぎて、こうして彼らを感じることができなくなって初めて、自分がどれほど彼らの存在に助けられていたのかを知る。

本当に、ひとりになってしまった。

かつて山中に置き去りにされた時の、絶望的な気持ちが甦ってくる。サリは我知らず自分を強く抱き締めていた。

精霊の声が聞こえなくなったということは、精霊使いの資格も失ったということ。

自分の力でバクを追うことも、あの少女を助けることもできない。

情けなさと悔《くや》しさと恐ろしさと、色んな感情がないまぜになり、とうとう堪《こら》えきれなくなった一粒《ひとつぶ》が目からこぼれ落ちた。ちょうど手首のあたり、スクードの上で弾《はじ》けるが、スクードの嫌がる声も怒る声も聞こえない。そのことが堪《たま》らなく寂しい。

もう二度と、スクードの低い声を聞くことができないのだろうか。

「おい、サリ！　お前一体どーした……って、なにがあった！」

ぼろぼろと溢れかけた涙を止めたのは、けたたましい勢いで扉を開けたリュウだった。やけに焦った様子で入ってきたが、サリの頰を涙が伝うのを見て顔色を変える。

「お前の様子が変だって病院からカルガノ局長に連絡があった。自分がすぐに動けないからって、俺が頼まれたんだ。言えよ。なにがあった」

ベッド脇の椅子に浅く掛け、リュウは真剣な表情でサリの目を見た。

サリはひとつ鼻をすすって涙を堪えると、眉を下げたまま小さな声で答えた。

「……力が、なくなったみたいなんだ」

「なんの」

「私の力。精霊たちの声も、木の音色《ねいろ》もなにも聞こえない」

リュウはわずかに目を見開いたが、動揺した様子は見せなかった。そのことに、何故かサリはほっとした。

「いつ気づいた」

「今朝《けさ》だ。だが、昨日目が覚めた時にはきっともう聞こえなくなっていたんだと思う」

そうか、と呟きリュウは視線を落とす。少し考える素振《そぶ》りを見せた後、再び顔を上げた。

「原因に心当たりは？」

問われて、サリは自分がひどく我を失っていたことに気づいた。

ただ世界から音が消えてしまったことに動揺して、まともに物を考えることをしていない。

『起きてしまったことは仕方がないさ。その時大事なのは、ぎゃあぎゃあと騒いで時間を浪費することじゃない。何故それが起きたか、原因を突き止め、対処《たいしょ》する。それだけのことだ』

かつてオルシュが言った言葉が脳裏に響く。

——お前は怖い怖いと震えるだけでなにひとつしてやしない。馬鹿なのかい？　じゃあ一生そこで震えてな！

ついでに今のサリへのどやし声も聞こえたような気がして、サリは反射的に背筋を伸ばした。涙の跡を拭い、改めてリュウと向き合う。腹に力を込めると、しっかりとした声が出た。

「この前の、〝鑑賞会〟だと思う」

あの〝鑑賞会〟で倒れ、一週間意識を失い、目覚めたら、力が消えていたのだ。他に考えようがない。

「だろうな」

リュウは頷いた。

「〝魔物〟の力か。人の能力を奪う魔物なんていたか？」

「分からない」

サリは首を振った。

バクについてサリが知っていることはごくわずかだ。彼らがどんな能力を持っているのか、詳しいことはほとんど知らない。ただ、バクがあの少女のために現れたことだけは確かだ。

「でも、ラルフが撃とうとしたから、それに対抗したんだと思う」

きっと、檻の前に立ちはだかったサリも同類だと思われたのだろう。

だから、少女を守るために、バクはサリの力を奪った――？

そこまで考え、はたとサリは瞬《しばたた》いた。

（ラルフは？）

あの時、バクの力はサリとラルフを包んだはずだ。

ならば今、ラルフはどうなっているのだ。

サリと同じならば、彼は魔法使いの力を失っている？

「リュウ、ラルフはもう退院して、自宅療養だって言っていたな。彼の容態についてなにか知っているか」

「いや、特にはなにも。お前もこんな状態だし、しばらくは休むって話だけ……」

言いかけて、リュウも気づいたのだろう。顔を険しくする。

「私とラルフはふたりともバクの力を浴びたんだ。私がこの状況なら、ラルフも同じかもしれない。リュウ、お願いだ。ここで私の身代わりをしてくれないか」

言いながら素早く髪を編み、サリは衣装棚に置かれていた自身の服を引っ張り出す。

「サリ、行ってどうする気だ」

「分からない。ちょっと向こうを向いていてくれ」

寝間着の裾《すそ》をサリが持ち上げると、リュウは呆れ顔で椅子ごとこちらに背を向けた。

「だが、とりあえずお互いの状況を確認しておきたい」

ひどく胸騒ぎがしていた。

ラルフの元へ行って、彼の力が消えたのかどうかを確かめて、一体それになんの意味があるのか。それでも直接会って確かめたい。

「なあサリ、お前さっきなんで泣いてたんだ」

上衣を纏い下衣を穿《は》き、革のベルトを締めているとリュウが問うた。

赤い後頭部に視線をやり、サリは苦く笑った。

「怖くて」

「怖い？」

「ああ。世界がこんなに静かだなんて今まで知らなかったんだ。そのことがまず恐ろしい。それに、精霊たちの声を聞く力がなければ精霊使いとしての資格を失うだろう？　そうなれば私の生きる目的も失われる」

ひとりになった気がした、とは口にできない。

履き慣れた靴を履き顔を上げると、リュウがこちらを向いていた。

怒っているような顔だ。

「精霊使いを辞める気でいるのか？」

いつもより低い声で、男は問うた。

「いや、そんなつもりはないが。だが、資格がなければ認められないだろう」

「資格がなかったら、もう誰のことも助けねぇの？」

リュウが何を言おうとしているのか分からず、サリは目を細めた。

椅子の背に顎《あご》を乗せて、リュウの瞳はいつもくるくると輝いている。けれどその目は挑《いど》むようにサリを見ている。

「サリの目的って精霊使いの力で人を助けることだよな。〝鑑賞会〟の子供、体張って助けようとしたんだろ。そう聞いた。あの子のことはどうするんだ。精霊の声が聞こえないから、精霊使いの資格がないから、もういいのか」

こちらを追い詰めるような物言いに、サリは思わず声を荒らげた。

「そんなことはない！　助けたいと思ってる。あの子は魔物なんかじゃない。精霊使いだ！　きちんと保護して、助けてやりたいと思っているさ！　だけど今、私には精霊の声が聞こえない。どうやってあの子を追えばいいのか分からないんだ」

唇を噛み締めるサリの前で、リュウがにこりと表情を変えた。

「そっか。それならい—んだ。ちゃんと助けてやれよ」

「は？　いや、そう、なんだが、私の力が」

肩すかしを食らった気分で、サリは目を白黒させて男を見た。

リュウはおもむろに派手な上衣を脱ぎ肌着になると、靴を脱ぎ捨て、ベッドに潜《もぐ》り込《こ》んだ。

頭まで毛布を被りながら、悪戯《いたずら》っぽい顔でサリを見上げる。

「どんな時だって、自分にとって一番大事なことだけ忘れてなきゃなんとかなるさ。サリ、お前はひとりじゃねぇんだ。耳だけ必要なら公安局にいっぱいあるだろ。力がなくなったって、お前には精霊使いとしての知識が誰よりもある。とりあえず、今できることからやってこーぜ」

ほら行ってこい、とリュウは今度こそ頭まで毛布をすっぽり被り、手だけ出してひらひらと振る。

サリはぽかんとして、それからひとつ、苦笑混じりの大きな息を吐いた。

どうしてこの男はいつも、サリに今必要な言葉を持っているのだろう。

そんな、簡単なことではないはずなのに、指先まで冷たくなるような不安が、ふと薄れたのを感じる。

「私はあんたより小柄《こがら》なんだ。身代わりをするならもう少し小さくなってくれ」

嬉しいような、悔しいような複雑な気持ちがして、サリはひとつ憎《にく》まれ口《ぐち》を叩くと、病室を抜け出した。


仕事を除いて、ラルフ・アシュリーの館を訪ねるのは初めてのことだった。

馬鹿でかい邸宅を持っているのかと思いきや、男は利便性を兼ねて、公安局魔法使い部の局舎にほど近い場所に、こぢんまりとした割合趣味の良い屋敷を構えている。

最初に訪ねた時には家を間違えたかと思ったものだ。

「おや、サリ・ノーラム様。いらっしゃいませ。まだ病院にいらっしゃると思っていましたが、退院されたのですね。お加減はいかがですか」

呼び鈴を鳴らせば、出迎えてくれるのは腰の曲がった老婆《ろうば》だ。

ラルフの身の回りを世話する使用人で、近所の自宅から通いで来ているのだそうだ。

ラルフのことを誇《ほこ》らしく思っているが、パートナーであるサリのことも仕事上の大切な人物と認識しているようで、いつ訪れても非常に丁寧に接してくれる。

「あの、突然申し訳ありません。今日は見舞いに伺いました」

いつもはどれほど勧められても玄関より中に入らないサリがそう言ったので、老婆はまあと目を丸くした後、嬉しそうに扉を大きく開いた。

「ご丁寧に、ありがとうございます。ラルフ様もきっとお喜びになると思います。病院から帰ってこられてからひどくご機嫌が悪くいらしてね。ご家族やご友人が大勢お見舞いに来てくださったんですが、皆追い返してしまわれたんです」

やはり、とサリは内心で思った。

「……私が伺っても大丈夫でしょうか」

「もちろんですとも」

老婆は何故か力強く頷いた。

「サリ様はラルフ様のパートナーでいらっしゃいますからね。どうぞお話を聞いて差し上げてくださいませ」

老婆は階段を上がって突き当たりの部屋の扉を叩くと、

「ラルフ様、サリ・ノーラム様がお見舞いに来てくださいましたよ」

と、返事もないうちに扉を開けてサリに入るよう促した。

さすがにこれは良くないのではと思ったサリだったが、荒々しく床を踏みならす音がしたかと思うと、腕を摑まれ部屋に引きずり込まれた。

「なにをする！」

「お前、力はどうなって……！」

扉が閉まると、部屋は暗闇に包まれた。昼だというのに、窓のカーテンが全部閉められており、燭台《しょくだい》にはひとつも灯《あか》りがつけられていない。

よく見れば、床には書物や蠟燭、ペンや置き物が投げつけられたように転がり、棚の花瓶《かびん》は倒されて花が枯れていた。

暴れ回ったような、異様な有様《ありさま》だ。

サリを部屋に引きずり込んでなにか言いかけた男を見上げると、両耳を押さえ辺りを見回している。

暗闇に目が慣れ、男の姿が見えてサリは驚いた。

髪はぼさぼさ、無精髭《ぶしょうひげ》が生《は》え、目の下にはひどい隈《くま》ができている。一日で寝ていないと分かる姿だ。やつれきったその姿には、さすがのサリも憐れを覚えた。

やはりラルフも、魔法使いの力を失ってしまったのだろう。

「ラルフ」

なんと声を掛けるべきか。無意識のうちに右手首のスクードに触れながら、サリは男を見上げた。途端、ラルフがサリの右手を払いのけるように弾いて、数歩後ずさった。

「煩《うるさ》い。それ以上近寄るな。くそ、なんの音だ。煩い、黙れ。静かにしろ！」

「ラルフ、どうしたんだ。落ち着け」

突如叫びだした男の様子に驚き、サリはラルフに手を伸ばした。

ラルフはぎらりと瞳を鋭くすると、サリの右手首を掴み上げた。

「これを俺に近づけるな！　やかましい！」

ラルフの言葉に、サリは動きを止めた。

〝やかましい〟？

次の瞬間、ラルフはサリの手首からスクードを引き千切り、締め切ったカーテンを引き窓を開け放つや、大きく腕を振ってスクードを投げ捨てようとした。

「やめろ！」

我に返ったサリが右手を伸ばし腹の底から叫んだ時、奇妙なことが起きた。

体の奥から熱の塊《かたまり》のようなものが溢れ出し、その熱はサリの右腕に雷のように流れた。スクードを投げられまいと伸ばした手の先から白い光が放たれ、それはラルフの右手を包み込んだ。

ばちりと音がしてラルフが顔をしかめ手を開くと、スクードはサリが放った光の道を通り、サリの手元に返ってきた。

サリが両手でスクードを受け取った瞬間、光は消え去った。

なにが起きたのか理解ができない。

サリは呆然と自分の右手を見つめた。

まるで、今のは。

（魔法使いみたいだ）

「……なんだ今のは」

地を這《は》うような声に顔を上げれば、そこには血走った目を見開くラルフの姿。

「なんだその力は！」

わなわなと震え、サリに撃たれた右手を押さえている。

「そうか、分かったぞ。貴様、俺の力を……！」

ラルフが眦《まなじり》を吊り上げ大股《おおまた》でこちらに歩いてくる。が、数歩もせぬうちに床に崩れ落ちた。

「ラルフ!? どうしたんだ！」

「くそ。窓を閉めてくれ。カーテンもだ。煩くて敵《かな》わん。やめろ。消えろ。黙れ」

「ラルフ、落ち着け。なにが聞こえている」

頭を抱《かか》える男に駆け寄り、サリはその背を撫《な》でた。

もしかして。

ある思いが脳裏を目まぐるしく駆け巡る。

「分からん。分からんが、わんわんと誰かの声がする。意味を為《な》さない音の洪水だ。窓を開けたり、火を点《つ》けたり、花を飾られたりすると気が狂いそうなほど煩い。これは、あの魔物の仕《し》業《わざ》か、サリ」

呻《うめ》くように訴えるラルフに、サリは確信する。

ああ、なんということだろう。

「魔物じゃない。あれはバクだ。人に悪さをするものではない。あんたがバクを撃とうとしたから、子供を守ろうとしたんだ」

「なんだそのバクというのは。つまりあの魔物の仕業なんだろう。くそ！ なんだこれは。頭が割れる。あいつ、殺してやる」

サリはラルフの頼み通り、窓を閉じカーテンを引き直し、部屋を元の暗闇に戻した。

「馬鹿を言うな。バクを殺したら、一生あんたの力は戻らないぞ。それよりラルフ、今あんたは音酔《おとよ》いを起こしているんだ。いいか、落ち着いて私の脈の音を聞け。指先から伝わるだろう。その音にだけ神経を集中させろ」

床にうずくまっていた男を無理矢理起こして、サリは男の手を取ると自分の首筋に当てさせた。ラルフは体を起こすだけで呻き声をあげる。

幼い頃、サリにも同じ経験がある。

サリの場合は、色んな音が聞きたくてあれもこれもと無節操に音を受け入れているうちに許容量を超えた音の洪水に襲われて、その場にぶっ倒れたのだ。

「ラルフ、私の声が聞こえるか。いいか、私の脈を感じろ。他の音は気にするな」

サリはラルフの頭を膝に抱え、首筋に添えられた手を支える。

脈を探るように男の指がサリの首筋を行き来するが、うまく探すことができないでいる。音酔いがひどく、指先に集中するだけの力がもうないのだ。

苦しげに眉を顰《ひそ》め、荒い息を吐く男の顔を見ていると、子供の頃に三日三晩苦しんだ思い出が甦ってくる。

頭の中で絶えず音が巡るために目眩が絶えず、眠りたくとも眠れず、食欲もなくなり、次第に目も霞《かす》んでくる。

嫌いな男だが、あの苦しみが長続きすればいいとまでは思わない。この苦しみの元が、自分の力なのだと思えば尚更《なおさら》。

サリは男の頭を抱きかかえ、自分の胸元に押し当てた。

「ラルフ、私の心臓の音が聞こえるだろう。それに集中しろ。私の心臓の音だけを聞くんだ」

心音と同じ速度で、ラルフの背を叩いてやる。

昔、オルシュがそうしてくれたように。

苦しくて辛くて泣き続けるサリが眠るまで、オルシュは心音を聞かせてくれた。

ラルフは今自分がどういう状態なのかもよく分かっていないのだろう。

サリの体にしがみつくようにして抱きつき、左胸に耳を押し当て、息を殺すようにして心音に集中している。

どのくらいそうしていたのか。

やがて男の呼吸が落ち着き、体が急に重くなった。

眠ったらしい。

はあ、と少々間の抜けた安堵の溜息が漏れて、肩の力が抜けた。

抱きかかえていた男の頭を床に下ろすと、サリはベッドから枕と毛布を持ってきてやった。

男の傍らに片膝を立てて座るとどっと疲労感が押し寄せてきてそのまま動けず、しばらく死んだように眠る男の顔をぼんやり眺めていた。

パートナーとして二年も共に働いているが、こんなに無防備なラルフの様子を見るのは初め

てのことだった。

険しい表情のまま眠っているのがしのびなく、眉間の皺を指で伸ばしてやると少し落ち着いた顔になった。目の周りの色濃い隈や無精髭がなければ、その寝顔は随分あどけなく見えただろう。

視線を外すと、自分の立て膝に掛けていた右腕の先、手首に赤い筋がついていることに気づく。

ラルフにスクードを引き千切られた時にできたものに違いない。

男がよく寝ていることをもう一度確かめ、サリは下衣のポケットに手を伸ばすと、大事な相棒を取り出した。

「静かにしていておくれよ、スクード」

灯りのない室内では黒い小さな塊《かたまり》にしか見えないが、サリは手のひらに載せたスクードをそっと撫でた。

耳を澄ましても、スクードの声はサリには聞こえない。

だがラルフは、あの時確かに、スクードに対して「やかましい」と叫んだのだ。

こんなことが本当にあるのだろうか。

サリはまじまじと自分の右手を開いて見つめる。

サリの力と、ラルフの力が入れ替わっているなんて。

だが、この手から熱と共に光の筋が飛び出し、スクードを取り戻したのは紛れもない事実だ。こんな時、普通の人はどう反応するのだろう。呆然とするのか、混乱するのか、ラルフのように怒るのか。

サリが感じているのは、ただ喜びだった。

今朝世界の音が聞こえなくなったことに気づいた時には、この世の終わりのような気がしたのに。

自分の力は失われていない。失われていなかった！

その事実がじわじわと込み上げてきて、同時に気力がわいてくるのを感じる。

左手に握り締めていたスクードを、サリはじっと見つめた。

「ずっと、私に話しかけてくれていたのかい？」

ラルフがやかましいと怒鳴るほど。

返事はなくとも、スクードの声が在ると分かっただけで、こんなにも安心する。自分が今日初めて小さく笑みを浮かべていることに、サリは気づいていない。

「魔法の力でお前に傷がついていないといいんだけど。この部屋じゃ暗すぎて確かめられないな」

言いながら、魔法の力で灯りをつけることができるだろうかと、サリはふと考えた。

ラルフを始め、魔法使いたちが指をすいと動かして小さな灯りを簡単に灯《とも》すのを何度も見たことがある。

　スクードをポケットに一度しまい、サリはおもむろに右手を二、三度開閉すると、人差し指を出した。

　先程のことを思い出しながら、体の奥の熱を意識し、灯り、灯りと脳内で唱えながら指先に力を込める。

　体の奥底に、なにか熱い塊のようなものがあるのは感じられるのだ。しかしその熱は体内でゆらゆらとゆらめいているだけで、さっきのように腕まで流れてはくれない。

　そのせいだろう。どれほど力を込めようと、サリの指先からはちかりとも白い光は現れない。

「なかなか、難しいものなんだな魔法も」

　しばらく奮闘《ふんとう》してみたサリだが、暗闇でひとり指先に力を込めている自分の姿の滑稽《こっけい》さに我に返り苦笑した。

　それでも、サリの力も、ラルフの力もここにあるのだ。

　ならば、すべきことは決まっている。

　バクを探し出して互いの力を再度入れ替えてもらい、あの少女を救うのだ。

「起きたら、忙しくなるぞ」

　覚悟しろよと心の中で呟いて、サリは深く眠る男に向かい口の端を小さく上げた。

―魔法使いラルフの見知らぬ世界―

◇1◇

「昨日付けで王都守護の任を解《と》かれたとか。運が悪かったな」

まったく悪びれない様子で、むしろ楽しげにさえ聞こえる声音で、ラルフの屋敷に突然現れた男は開口一番そう言い放った。

奥歯を強く噛み締めた途端、甲高《かんだか》い声で大勢が笑っているような音が部屋中に響き渡り、ラルフは頭を垂《た》れたまま目眩《めまい》がするような騒音に耐える。

魔物にやられてからというもの、ひどい耳鳴りや幻聴に苦しめられ続けている。数日前まではまともに眠ることさえできなかった。

昨夜は、悔《くや》しさのあまり眠れなかったが。

「……すべては、私の力不足と己《おのれ》への過信故《ゆえ》のことです」

胸が灼《や》けつくような憤《いきどお》りを抑え、ラルフは腹の底から声を絞《しぼ》り出《だ》した。

公安局局長カルガノが、自らラルフの王都守護職解任の辞令を手に訪ねてきたのは昨日のことだ。

魔物に魔法使いの力を奪われた今のラルフは、なんの力も持たない一般人と変わらない。公安魔法使いとして民や国を守るどころか、指先で灯《あか》りひとつ点《つ》けることも叶《かな》わない。

王都守護に穴を空《あ》けるわけにはいかない。

だからラルフと、同じく魔物に力を奪われた職務上のパートナーである精霊使いサリを現職から解任し、ラルフたちの前に同区画を守護していた魔法使いと精霊使いを呼び戻すという公安局の判断は妥当《だとう》なものだ。

辞令には、ラルフがパートナー制度の適正者から外れる旨《むね》と、公務中の負傷が治るまでは休職扱《あつか》いとする旨も記されていた。

パートナー制度とは、公安局に所属する魔法使いや精霊使いの中でも特に能力の優れた者同士を選出し、二人一組となって任務を遂行《すいこう》するものだ。

この制度の適正者であることは、そのまま、魔法使いとしての能力が非常に高いことの証《あかし》でもあった。

王都守護の任務はパートナー制度の適正者にしか与えられない。

頭では理解していても、やり場のない憤りと落胆《らくたん》にラルフは顔色を失った。

つまり、公安魔法使いとしてラルフがこれまでに築き上げてきた経歴がすべて白紙に戻ったということだ。

公安魔法使いの職そのものを解かれないだけマシだと思いたかったが、アシュリー家に生まれた者として、これほどの屈辱《くつじょく》があるだろうか。

ラルフの一族は代々公安魔法使いとなり国家守護に務めてきた。

『生まれながらにして強い力を持つ者には使命がある。我々の使命は守護すること。人々を守り、国を守る。これほど素晴らしく、誇《ほこ》り高い仕事は他にはない。お前の魔法の才は一族の者たちの中でも並外《なみはず》れている。公安魔法使いとしての頂点を目指せ』

幼いラルフの両肩を抱き、幾度《いくど》となく告げた祖父の真剣な表情が脳裏《のうり》を過《よ》ぎる。

国を守護する公安魔法使いとなるためには一定以上の魔法力や技術が必要だったが、アシュリー家においてそれらが問題にされたことはない。将来公安魔法使いになることは当然であり、その中でもより高い地位を目指すことが求められた。

幼少期より一族の中でも傑出《けっしゅつ》した才を見せたラルフをことのほか愛したのはこの祖父だった。当時は既に公安局を辞していたが、現役時は公安局局長手前まで上《のぼ》り詰めた人物だ。ラルフの教育を手ずから熱心に行い、長年蓄《たくわ》えた知識を惜《お》しみなく与えてくれた。

公安魔法使いとして多くの人々を救い、国の要所を守護し、深い感謝と敬意を払われる祖父や父はラルフにとっても尊敬すべき存在であり、自らもその一族の一員であることに強い誇りを抱《いだ》いてきた。

ラルフが公安魔法使いとなり、パートナー制度の適正者に選出され、各地で成果をあげ、公安局入りからわずか二年で王都守護の任に就いた時。どれほど祖父が誇らしげで、両親や姉妹が喜んでくれたことか。

ラルフ自身も、かつて己が憧《あこが》れを抱いた父親や祖父と同じ職務に就き、他でもない自分自身の力で人々を、ひいては国を守護する日々に想像していた以上の喜びと充足感を覚えていた。

生まれながらに与えられた強い力。アシュリー家に生まれた者として、その使命を自覚し役目を果たすこと。

それが、ラルフの矜持《きょうじ》だった。

だからこそ公務中の負傷を聞きつけ心配する家族に、ラルフは今回のことをなにひとつまともに説明できていない。

言えるはずがない。

魔物によって、魔法使いとしての力をすべて失ったなどと！

辞令に目を落とし蒼白になるラルフに、カルガノはいつもと変わりない穏やかな口調で告げた。

『サリから事情は聞きました。君たちの間に起きたことは公安局でも私以外には誰も知りません。体調は大丈夫ですか？　国王とデューカ様には、君たちの力が奪われたと報告をあげましたが、対外的には、君たちがただ負傷しているということにしておきます』

俯《うつむ》いたままのラルフの注意を引くように、カルガノは力なく垂れたラルフの腕を軽く撫《な》でた。のろのろと顔を上げたラルフの目を、眼鏡《めがね》の奥の小さな瞳でカルガノが強く見つめる。

『サリはね、今回負った傷は治るはずだと私に言いました。あの子は希望的観測でものを言う子ではありません。ですから君も、サリと協力して傷が治ったらまた復帰してください。いいですね』

心ここにあらずといったラルフに言い聞かせるように告げ、それから、と居住まいを正した後、深々と頭を下げた。

『デューカ様の会のことについて知りながら、みすみす君たちを危険に晒《さら》し、君たちに大きな傷を負わせました。これは私の落ち度です。本当に申し訳なかった。デューカ様にも、国王にも正式に抗議をしました。君たちは民と国を守護する役目を担《にな》っているのです。デューカ様の私的な催《もよお》しに、今後一切公安局の魔法使いや精霊使いたちの力を頼まぬこと、国王の了解を取りました。こんなことで君やサリの傷が癒《い》えるわけではないことは百も承知ですが、本当に、申し訳ないことをしました』

まさか局長がそんな真似をするとは思ってもみなかったラルフだ。頭を上げるように慌てて言ったが、カルガノはしばらくそのままの姿勢で頭を下げ続け、ラルフとサリが力を取り戻すための協力は惜しまないと言い残して帰って行った。

いついかなる時も穏やかで、魔法使いとしての才能は歴代公安局局長の中でも上位に入ると言われながら日頃魔法を使うことはほとんどなく、局長に就任した直後に魔法使いと精霊使いの立場は同等であると発言し、またそれを行動で示そうとすることで一部の魔法使いたちからは痛烈に嫌われている男だ。精霊使いであるサリの後見人となったことが知れた時には、「カルガノの精霊使い贔屓《びいき》極まれり」と魔法使いたちの間では大騒ぎになった。

強大な力を用いて物理的に人々や場所を守護する魔法使いと、姿形の見えない精霊とやらの声を聞き、その情報を魔法使いたちに伝えるだけの精霊使いの立場が同等だとは決して思えないので、ラルフもその点に関してはカルガノを評価していない。

だが、部下の安全を守る義務を怠《おこた》ったとなんの躊躇《ためら》いもなく頭を下げるカルガノの姿は、ラルフにカルガノが局長であることの意味を考えさせた。

そのカルガノと同じことをしろ、とまでは思わないが。

「まさかお前たちの力が奪われてしまうとはな。本当に驚いた。久しぶりに兄上にたっぷり絞られたぞ」

(一体、誰のせいだと……！)

溢《あふ》れ出《で》そうになる憤りをなんとか堪《こら》えようと拳《こぶし》を握り締めるラルフの前で、王弟デューカは陽気に肩を揺らして笑っている。

供《とも》もつけずにひとりこの男がラルフの屋敷にやってきたと知った時には、今回の件に関して謝罪《しゃざい》のひとつもあるのかと思ったが、そんな気配は微塵《みじん》もない。

栗色《くりいろ》の髪をした爽《さわ》やかな雰囲気《ふんいき》の三十代半《なか》ばの王弟殿下は、軍人でもあって引き締まった体つきをしていて、女性人気が高い。

ランカトル王国においては文武における「文」を兄王が、「武」を王弟デューカが担っている。

つまり、国の守護防衛を担う公安局はデューカの管轄下《かんかつか》にある。

二人は仲の良い兄弟で、血生臭《ちなまぐさ》いお家騒動の心配がないことが国民の安心と誇りであったが、しかしデューカには、その爽やかな風貌《ふうぼう》に似合わぬ悪癖《あくへき》的趣味があった。

魔物や精霊、幻と呼ばれる生物の蒐集《しゅうしゅう》である。

〝鑑賞会〟、と呼ばれるデューカ主催の会には、各地から一風変わったモノが集められて運び込まれ、デューカが気に入ればそれらを持ち込んだ者たちには莫大《ばくだい》な褒賞金《ほうしょうきん》が与えられるという。

ラルフはその会について父親から話を聞いていた。

魔物の存在はランカトルの歴史上少なからず確認されているものの、その〝鑑賞会〟に持ち込まれる魔物や稀少《きしょう》生物のほとんどは、人々がデューカの関心を買うために人や動物に人為的《じんいてき》に手を加えたものや、奇形で生まれてきたものたちなのだと言う。

〝鑑賞会〟自体は幼稚《ようち》でおぞましいものだが、魔法使いや精霊使いで〝鑑賞会〟に呼ばれるのは王都守護の任に就き、その実力が認められている者たちだけ。〝鑑賞物〟の安全性を確認することと、見学者である貴族たちの護衛が主な任務だ。〝鑑賞会〟に呼ばれたら、王都守護者としての地位が安定したと考えて良い。任務自体に危険性はほとんどない。

そう教えられていたから、ラルフは自分が〝鑑賞会〟に呼ばれたと知った時、遂《つい》にこの時が来たかと内心喜びさえした。これで名実ともに王都守護をする者の一員として認められたのだと。

まさか、そこに本物の魔物が現れるとは思いもせずに。

「しかしあれはなんという魔物なのだろうな。醜悪《しゅうあく》な生き物ならば数えきれぬほど見たことがあるが、本物の魔物があれほどに美しいものだとは知らなかった。過去の文献《ぶんけん》をあたってはいるが、あれらしき魔物の記述はまだ見当たらん」

ちらと視線を上げると、デューカは恍惚《こうこつ》とした表情で空《くう》を見つめていた。その視線の先には、ラルフの力を奪い去ったあの魔物の姿があるのだろう。

今のラルフにとって、憎《にく》んでも憎みきれぬ存在。

円形状の舞台。中央に置かれた巨大な鉄格子の檻《おり》に閉じ込められた小汚《こぎたな》い少女。

その少女に手を差し伸べた魔物。

「月の光を集めたような銀色の髪、陶器よりも白い肌《はだ》、美しい横顔。観衆の中に突如《とつじょ》現れ子供ひとりを連れ去り、なにより、お前の攻撃をものともせず、お前と精霊使いの力を奪い去ったあの力！」

デューカの高揚《こうよう》した声に呼応するように、ざあざあと耳鳴りがひどくなる。

あの時、魔物の力が見たいと告げたデューカはラルフに魔物を撃つように命じた。

ラルフの力は――公安魔法使いの力は、守護のためのものだ。

戯《たわむ》れに他者を傷つけるためのものでも、王弟の機嫌を取るためのものでもない。

あの魔物が少女を守護するようにふいに現れたことにラルフは当然気づいていた。少女は魔物にしがみつき、魔物はただ少女を抱き締めただけだ。

閉鎖《へいさ》空間に突如現れたのだから魔物は当然人ではないのだろう。だが、人と同じ形をした害意のないものを撃つことにラルフは抵抗を覚えた。

しかし王弟の命《めい》は絶対だ。他の魔法使いたちからも、デューカの命には逆らわぬよう事前に注意を受けていた。

あの魔物が少しでも何らかの反応を見せさえすれば、攻撃は当たらずとも構わないはずだ。

魔物の肩口すれすれを狙《ねら》おうとした力は、しかし目の前に踊り出したサリのせいで照準がずれた。

ひやりとした。

己の放った力がサリを貫《つらぬ》くと分かったからだ。

避けろ！

この距離ではもう無理だと知りながら、叫ばずにはいられなかった。

魔物と目が合ったのはその時だ。

魔物は笑った。

困ったような、ラルフを憐《あわ》れむような、そんな顔をして、確かに笑った。目を奪われる、透き通るような笑み。
少女を片腕に抱いたまま音もなく右腕を掲《かか》げると、魔物の手から光が放たれた。
サリが光に包まれる。同時に、ラルフの視界も真っ白になった。
覚えているのはそこまでだ。
目が覚めるとラルフは病院のベッドの上だった。
あれから何度、魔物の笑顔を思い出しているだろう。
遠くで、誰かがけたたましく笑っているような声がそこかしこで響く。
――奪われた！　奪われた！
――力を奪われた！
――かわいそーう！
――かわいそうだねえええええ。
うるさい。うるさい。うるさい。
こめかみがずきずきと痛み始め、怒りからではなく眉間《みけん》に皺《しわ》が寄る。
あの日から、世界が煩《うるさ》くて敵《かな》わない。
魔法使いの力を奪われた代わりに与えられた望みもしない力！
サリ・ノーラムの、精霊使いの力！
互いの力が入れ替わるなどと、そんな馬鹿げた話があるだろうか。

精霊の声？

ただの忌々《いまいま》しい騒音でしかない！

黙れと腹の底から叫びたいのに、デューカがいては叫ぶこともできない。

なにもかもあの魔物のせい、否《いな》、目の前のこの男が余計なことを言ったせいだ。

本当に、この男はなにをしに来たのだ。自分を不快にするためだけにやってきたのなら早く帰ってくれ。

心の底からラルフが願った時だった。

「ラルフ、俺はどうしてもあの魔物が欲しい」

決意と高揚に満ちた声が響き、束《つか》の間、時が止まったような気がした。デューカがなにを言ったのか、確かめるためラルフは顔を上げた。

「あの魔物が欲しい」

椅子に掛け足を組んでいたデューカは目をらんらんと輝かせ、身を乗り出すようにしてラルフの顔を覗き込む。

「だが、お前たちが魔物によって力を奪われたことに、兄上やカルガノは大層立腹していて、俺は当面おとなしくしていなければならんのだ。公安局の魔法使いや精霊使いも俺の名で呼び出してはならんと言われてしまってな。だからお前に頼みたいんだ」

「なにをです」

我ながら馬鹿みたいな受け答えだとラルフは痛む頭の隅で思った。この流れで男の言いたいことなどただひとつだ。

デューカは椅子から立ち上がるとラルフの前に立ち、肩に手を置いて身を屈《かが》めた。

「なに、魔法使いの力を失ったお前にあの魔物を捕まえろなどと酷《こく》なことは言わん。お前のパートナーから魔物の情報を集めてこい。あれは魔物についてなにか知っている」

ラルフの脳裏に、魔物を庇《かば》うように立ちはだかったサリの姿が浮かんだ。

無言のラルフになにを思ったのか、ラルフの肩に置かれたデューカの手に力が込められた。

「ラルフ・アシュリー。今は休職扱いだが、アシュリー家の人間が公安魔法使いの任を解かれることなどあってはならんだろう。安心しろ。俺の元で働けば、お前は永遠に特別公安魔法使いだ。魔法が使えなくともな」

自分の告げた言葉が面白《おもしろ》かったのか、デューカは陽気な笑い声をあげるとラルフの傍《そば》を通り過ぎた。

「俺は今日ここにはきていない。分かっているな」

「……は」

笑顔と共に部屋の扉が閉まり、軽やかな足音が階下へ辿《たど》り着《つ》く音をラルフはその場でじっと聞いていた。

続いて玄関の鈴が立てる音を聞き届けるや、目の前のソファに並べられていたクッションを手当たり次第に掴み、壁へ投げつけた。

「ふざけやがって！」

衝撃に一部のクッションから羽がはみ出してきて、ふわふわと舞い落ちる羽に合わせるように、きいきいきゃらきゃらとさざめく声に耳鳴りがする。

音に酔《よ》い、ラルフはこめかみを押さえて床に座り込んだ。

「ラルフ様、お客様はお帰りになられたのですか？」

肩で息をしていると、使用人のハザーがやって来た。ラルフの身の回りの世話を頼んでいる老婆だ。

幼い頃からラルフの世話をしていたため、主人であるラルフのことを子のようにも孫のようにも思っているらしく、物言いにも言動にも遠慮がない。

壁際にいくつもクッションが転がり落ちているのにさして驚いた様子もなく、曲がった腰を更《さら》に曲げてひょいひょいとクッションを拾い集める。

その様子を黙って見つめていたラルフだったが、ひとつ息を吐いて乱れた髪をかき上げると口を開いた。

「ハザー、悪いが公安局の精霊使い部まで行ってきてくれないか。サリ・ノーラムの自宅を調べて欲しい」

魔物の力にやられて意識を失っていた時間がラルフより長かったサリは、昨日退院したとカルガノが言っていた。

とにかく、こんな馬鹿げたことにいつまでも付き合ってはいられない。

早く、己を取り戻すのだ。

決して精霊使いに気を許してはいけない。

祖父は、ことあるごとにラルフにそう教えた。

公安魔法使いが仕事でより良い成果をあげるためには耳の良い精霊使いの存在は不可欠である。

精霊使いが災《わざわ》いの芽を見つけ、魔法使いがその芽を処分する。精霊使いが優秀であればあるほど、災いの芽はごく小さなうちに発見されるものだ。

だが精霊使いは油断のならない存在でもある。人々には通常聞くことのできぬ声を聞く、ということはその正誤をラルフたちが判断するのは容易ではない。

事実、過去には精霊使い側から意図的な情報隠しがあったり、偽《にせ》の情報を信じて騙《だま》された結果、大怪我を負った魔法使いが幾人もいる。

『精霊使いというのは、遠い昔には魔物扱いをされていたものだ。人ではないものと通じることができるというのは、魔物の類《たぐ》いだからだろう。だが、その力の活用法に気づいた魔法使いがいたのだ。そのお陰《かげ》で、奴《ヤツ》らはこの世界で人としての立場と今の地位を得たというのに。我々魔法使いに感謝の念を抱くどころか、同等の待遇《たいぐう》を求めたり不満を抱くなど、恥知らずにも程があるわ！』

自分たちがいなければ、災いの芽を見つけることもできぬくせに、というのが多くの精霊使いたちの言い分だ。

魔法使いと精霊使いの間で大小の諍《いさか》いが起きる度《たび》、ラルフの祖父や父は憤ったものだ。

『いいか、ラルフ。精霊使いなどというものは皆、腹の底ではなにを考えておるか分からん。決して信用はするな。奴らの能力をうまく使うことだけが肝心《かんじん》だ』

その教えはラルフの精霊使いたちに対する考え方の基本となっており、パートナーであるサリとも仕事以外で絡むことはまったくない。

だから公安局の精霊使い部に使いにやったハザーがにこにこと屋敷に戻り、

「親切な精霊使いの方が、サリ様の所まで案内してくださるそうですよ。私のこともこちらまで送ってくださったんです。とてもお話の面白い方で。今日の夜からお天気が悪くなることも教えて頂《いただ》きました。シーツを今のうちに干《ほ》しておきますね」

と告げた時、ラルフは怪訝《けげん》な表情で片眉を上げることしかできなかった。

魔法使いに親切な精霊使いなどいるものか。

そう思ったからだ。

ハザーに急《せ》かされて表に出てみると、やたら派手な上衣を着た赤い髪を逆立《さかだ》てた男が、ラルフを認めると白い歯をにっと見せ、二人掛けの御者台《ぎょしゃだい》から親しげにひらひらと手を振ってくる。

「気象課のリュウだ。サリに用があるんだろ。乗れよ。送ってやる」

調子の良い、いかにも胡散臭《うさんくさ》そうな男だ。

ラルフの認識では、精霊使いには二種類いる。魔法使いにおもねる者と、魔法使いに反感を抱く者。

リュウは前者だろうか。

しかし、ならば余計に自分より年下の男に生意気な口をきかれる筋合いはない。

あからさまに眉間に皺の寄ったラルフを見て、リュウはなにかを察したらしい。からりと笑った。

「言っとくけど、俺はお前より年上。三十越えてるからな。別に偉《えら》ぶるつもりもないけど、公安局局員としてもかなり先輩だぜ。公安課魔法使い部所属三年目のラルフ・アシュリー」

「……場所を教えてもらえれば自分で行く。送ってもらう必要はない」

公安局の人間で、ラルフにこうも気安く親しげな態度で話しかけてくる者は、魔法使い部に数人いる友人の他にはいない。常日頃《つねひごろ》魔法使いに対抗心を燃やす精霊使いなら尚《なお》のこと。

警戒心を覚えたラルフがきっぱりと断ったが、

「先輩の親切は素直に受けとくもんだぜ。乗らないならサリの家は教えないけど」

リュウは行儀悪く立てた片膝の上に、顎《あご》を載せてにんまりとする。

「……俺をからかっているのか」

魔法使いが相手であれば年長者に対する礼儀は弁《わきま》えているつもりだが、仕事上でさえ接点のない気象課の精霊使いに先輩面《づら》される謂《い》われはない。

「どうしてそんな面倒臭《めんどうくさ》いこと。俺がお前と話したいだけだよ。いいから、さっさと乗れって」

笑顔のわりに強い口調で言われて、ラルフは言い返すのも面倒になり、リュウの隣に座り込んだ。

久しぶりに屋敷の外へ出た途端、外界のあらゆる音が耳に飛び込んできてこめかみが鈍《にぶ》く痛み出し、このわけの分からない男とこれ以上言い合いをするのが億劫《おっくう》になったせいもある。

だが自分と話したいと言ったはずのリュウは、馬を走らせ始めてしばらくしても一向《いっこう》に口を開く様子がない。

やはりからかわれているのかとも思ったが、このまま黙っていてくれるならそれが一番ありがたい。

ラルフは御者台の背もたれに深く腰掛けると、久しぶりに出てきた街のそこかしこに視線を巡《めぐ》らせ、日の光の眩《まばゆ》さと耳に入り込んでくる雑多な音のかしましさに目を細めた。

屋敷から出るのは、魔物にやられて以来のことだ。

覚悟はしていたつもりだったが、屋内にいる時よりも音の量が段違いに大きくて多い。

それでも、魔物の力を受けたのち目覚めた直後を思えば随分《ずいぶん》マシになったと思う。

あの時は耳の中で嵐が囂々《ごうごう》と吹き荒れ、教会の鐘がリンリンゴンゴンと何重にも鳴り響き、かと思えば女の歌声や笑い声のようなものが脳内で幾重《いくえ》にもこだまし、低く唸《うな》る男の声に脳を揺さぶられ、水が激しく流れる音や水滴が跳ねる音が絶え間なく聞こえてきて気が狂いそうだった。だがそれは悪夢の始まりに過ぎなかった。

音を遮断《しゃだん》すべく魔法を使おうとして、それが使えないことに気づいたのだ。あの時の気持ちを表現する言葉をラルフは持たない。

突如暗闇《くらやみ》に放り込まれた子供のようにおののいて、震える指先に力を込めて魔法を出そうとしたが、ラルフの内から魔法の力がまったく消えてしまったことを思い知るだけだった。

あの魔物の呪いだと思った。

魔法の力を奪われ、わけのわからない幻聴や騒音に苛《さいな》まれ、このまま、満足に眠ることも叶わず徐々に体力を失い殺されるのだと。

深い眠りにつくことができたのは三日前のこと。

記憶がところどころ抜けているが、サリが訪ねてきてからだ。

お見舞いに来てくださったんですよ、とハザーは言っていたが、サリはラルフを嫌っている。

普通に見舞いなどに来るはずがない。

今思えば、恐らくサリも意識を取り戻した後に己の力が失われていることに気づき、ラルフの様子を確かめに来たのだろう。

サリの来訪を知らされたラルフが真っ先に考えたのも、サリの力が今どうなっているのか、だった。

だがサリがラルフの部屋に入った途端、怒りに満ちた重い音がラルフに襲いかかってきた。なにかに憤って叫んでいることは感じ取れるが、音が割れていてなにを言っているのかまるで理解できない。しかしその怒りがラルフに向けられていることだけは痛いほどに感じとれた。皮膚《ひふ》にびりびりと叩きつけられるような憤り。

荒れ狂う音に頭が割れそうなほど痛んで、それがサリの腕に巻かれた石から発されていると気づいた時には、少しでも自分からその石を遠ざけたくて無我夢中だった。

覚えているのは、サリから石をむりやり奪ったこと。窓の外へ投げ捨てようとしたそれを、必死の形相《ぎょうそう》をしたサリがラルフから奪い返したところまでだ。

どうやって？ ——魔法の力で！

サリの手から発された青い光が、ラルフの手から石を奪った。

——それは自分の力だ。

それに気づいて頭が沸騰《ふっとう》してしまい、そこからあとの記憶が一切ない。

久しぶりに深い眠りに落ちた後に目覚めると、頭の中で鳴り響く音や部屋のあちこちから絶えず聞こえる音が、薄く、小さくなっていることに気づいた。薄く、というのは奇妙な表現だが、そうとしか言いようがない。幾重にもある音の層がひとつふたつ消えて薄くなっている、そんな感覚がしたのだ。

『サリ様は長い間ラルフ様のご様子を見てくださっていましたよ。さすがはパートナー様ですね。ラルフ様のお顔の色が随分よくなられて、私も安心いたしました』

ハザーの言葉で、サリが意識を失ったラルフの傍にしばらくついていたらしいことを知ったが、あの時サリは自分になにかをしたのだろうか。

それ以来、不快な音が完全に消え失《う》せることはないが、眠れぬほど音に苛まされることもなくなった。ふと思いついて心音に耳を凝《こ》らしていると、周囲の雑音がさほど気にならなくなることにも気づいた。

今も、ラルフは外界の騒音を遮断すべく、無意識に心音に集中しようとしている。

「で、体調は少しはマシになったのか？」

ぼんやりとしていたところに急に話しかけられ、ラルフは我に返った。

「ああ」

リュウはへえ、と呟きながら横目でラルフの体を流し見た。

そう言えばラルフは職務中に負傷し、休職扱いになっているのだった。

「なんとか動ける程度だが」

取り繕《つくろ》ったが、リュウは苦笑した後こう続けた。

「そんな状態で、お前サリになんの用があるんだ」

「貴様には関係のない話だ」

即答する。

硬い声で断じれば大抵の相手は萎縮《いしゅく》してラルフの前から退《ひ》くが、リュウは手綱《たづな》を操りながらひとつ瞬《まばた》きをしただけだった。

「関係はあるさ。俺はサリの友人で、お前は見舞いに行ったはずのサリに傷を負わせた奴だからな。お前がこれ以上サリになにかするつもりなら、止める必要があるだろ」

淡々とした口調にわずかに思考停止し、リュウの言葉を脳内で繰り返した後、ラルフは憤然とした。

「傷を負わせてなどいない！」

言いがかりにもほどがある。

だが、リュウはラルフに手綱を持つ右手を挙《あ》げて見せた。

「サリの右手首んとこ、赤い筋ができてた。いつも石をつけてる方だけど知ってるか？　サリがあれを自分で外すはずがないし、お前んとこに見舞いに行って帰ってきたら痕《あと》がついてたんだからお前の仕業《しわざ》だろ。……心当たりありそうだな」

今自分がどんな顔をしているのかラルフには分からなかったが、リュウは納得したらしい。

眉を軽く上げて見せた。

サリが右手首に石をつけていたことも正直あの日まで知らなかった。ただ、サリの手首から石を奪い取ったのは確かに自分だ。

傷を負わせたのか。

その事実に、ラルフは小さく苛立《いらだ》った。我を忘れていたとはいえ、公安魔法使いたる自身が人を傷つけるなど。

だが同時に、あんな煩い石と共にやってきたあいつが悪い、とサリに対して八つ当たりのような感情が浮かぶ。

サリを見送ったというハザーも特になにも言っていなかったから、大した傷ではないのだろう。そう自分にも言い聞かせる。

「それで、俺になにが言いたい。サリの手首に傷をつけたのは確かに俺かもしれないが、あれは異常事態の際の不可抗力だ。二度はない。余計な心配というものだ」

気づけば馬車は街中を抜けようとしていた。耳に入ってくる雑多な音の層が小さくなったのを感じる。

ラルフは小さく息を吐いた。

「今のお前の態度を見ている限り、俺の心配が余計なものだとは思わねえけどな。お前、サリのこと人だと思ってないだろ？」

「なにを馬鹿なことを……」

ラルフに構わずリュウは言葉を被《かぶ》せた。

「本当に？　まあよくて精度の良い情報収集機ってくらいだろ」

「……俺があいつをどう思っていようと、これまで仕事に支障を来《きた》したことはない」

図星を突かれたが、さすがに精霊使いを相手に馬鹿正直にそうだと言うことは憚《はばか》られた。

公安魔法使いとして最高の成果をあげるためには耳の良い精霊使いが不可欠であり、サリはラルフの目的に適《かな》った資質を持っていた。それだけのこと。精霊使いとしての力は認めているのだから、それでいいではないか。

「おい、それより俺をどこへ連れて行く気だ。街を出たぞ」

舗装《ほそう》された道が終わっても馬車が止まらないことに気づき、ラルフは声を上げた。道沿いに建つ家の数が明らかに少なくなっているというのに、馬車の速度が落ちる気配は微塵《みじん》もない。

このままいけば小高い丘に着くだけだ。

俄《にわか》にラルフは緊張感を募《つの》らせた。

この男は自分をサリのところへ連れて行くとは言ったが、それが本当である保証などどこにもない。

常にひとりで動いていたように見えるサリに友人がいたことにも正直驚いているが、少なくとも、このリュウという男はサリに傷を負わせたとラルフに怒りを抱いているほどにサリとは親しいようだ。

たとえ相手が誰であろうと、いつものラルフであれば味方のいない状況でも緊張するようなことはない。だが、今のラルフには自身の身を守る魔法の力がないのだ。

「どこって、サリの家だろ。あの丘の上だ。お前本当にサリのことなんにも知らねぇんだな」

密《ひそ》かに身構えたラルフの気を知ってか知らずか、リュウは呆《あき》れたように前方を指差した。そちらを見ても、ラルフには緑の丘が広がるばかりに見える。

「家など知らずとも」

「仕事に支障はねえんだよな。はいはい。それはもう分かったよ」

明らかに面倒臭そうな言い様に、ラルフは眦《まなじり》を吊《つ》り上《あ》げた。

「貴様、やはり俺を馬鹿にしているのか」

「いや、お前に聞きたいことがあるんだ」

丘の麓《ふもと》にさしかかり、周囲から人気《ひとけ》がすっかりなくなったのを確認してからリュウが手綱を引き、馬の脚を止めた。

なにをする気だとラルフは内心体を緊張させたが、リュウは至極《しごく》真剣な顔をしてラルフの方に体を向けただけだった。

「お前は今も、公安魔法使いなんだよな」

「当然だ。なにが言いたい」

「俺たち精霊使いに対するお前の考え方や態度はともかく、公安魔法使いとして、国や人々を守るというお前の信念は疑わなくていいって前にサリが言ってたんだ」

大抵無表情でラルフには顔を顰《しか》めてばかりのサリが、他人に自分のことを話している姿が想像できず少し戸惑う。

リュウはラルフの顔を見つめたまま、静かに名を呼んだ。

「ラルフ、精霊使いが力を失うことの意味を考えたことがあるか？」

「……質問の意図が分からない」

「俺たちにとって、精霊たちの声が聞こえるのは当たり前なんだ。お前が今、俺の声や風の通る音が聞こえるのと同じくらい」

ほら聞こえるだろ、とリュウが周囲の音を聞くような素振《そぶ》りをしたが、ラルフは従わずその先を促《うなが》した。

同時に、リュウが何故《なぜ》唐突《とうとつ》にこんな話をし始めたのか、一気に警戒心が高まる。

「ある日突然、そういうのの全部が聞こえなくなったら怖いと思わないか」

「だが、人の声は聞こえるんだろう」

世界がある日突然、全くの無音になったらと考えればぞっとするが、現状、ラルフにとって精霊たちの声は騒音でしかない。早く消えてなくなって欲しいと心の底から願っている。そのためにも、こうしてサリを訪ねようとしているのだ。

ラルフの答えに、リュウが初めて瞳に不快を表した。

「お前はある日急に右耳が聞こえなくなっても、左耳があるから音は聞こえるだろうと言われたら、それで納得するのか？」

低い声で問われ、ラルフは己の失言を理解した。

「だから、なにが言いたい」

多少気圧《けお》されながらも問えば、リュウはあっさり肩の力を抜いた。

「サリは今、〝右耳の聴力〟を失った一般人てことさ。しかもサリにとってはその〝右耳の聴力〟が世界のすべてだ」

丘の上を見上げたリュウは逆立てた己の髪をくしゃりと撫でつけ、悔しげに溜息を吐いた。

恐らくはサリのことを案じているのだろうが、ラルフにはそれどころではない。

思わずリュウの肩を摑み、引き寄せた。

「何故サリの力がなくなったことを知っている」

鼻先ほどの距離で声をひそめて問えば、リュウは一瞬目を丸くし、小さく笑って見せた。

「サリのところに見舞いに行ったからさ。サリから直接話を聞いたんだ。それに入院中のサリがお前の見舞いに行けたのは、俺が身代わりになったお陰だぜ」

では、この男はラルフが力を失ったことも知っているというのか。

よりによって精霊使いに！

「貴様、俺を連れ出した本当の目的はなんだ。さっさと言え」

胸ぐらを掴もうとしたが、リュウが体を離す方が早かった。ラルフを見る目に隠す気もない嫌悪が見える。

かっとなったラルフの胸ぐらを、今度はリュウが掴んで引き寄せた。

「お前今、自分のことバラされるんじゃないかって考えたんだろう。お前の力があろうがなかろうが、俺にはどうだっていいんだよ」

「なっ……離せ！」

自身の力を完全否定されて頭に血が上《のぼ》り、ラルフは思わず指先を空に滑《すべ》らした。だがもちろん、指先からは白い光は飛び出さない。

自らの手でリュウの手を掴んで外そうとしたが、ものすごい力でびくともしない。いつもならば指先ひとつで為《な》せることなのに。魔法の力を失った現実をどうしようもなく突きつけられ、ラルフの背中に冷たいものが這《は》う。

男の琥珀色《こはくいろ》の目は、静かな怒りに満ちている。

「言いたいのは、お前のその身勝手さをサリにぶつけるなってことだ。今もお前が公安魔法使いだと言うなら、今のサリはお前が守るべき民のひとりだってことを忘れるな。お前、今の状況になってから、一度でもサリのことを心配したか？　今日だって別に見舞いに行くわけじゃないんだろ。サリは見舞いに行った後、お前の体調がひどく悪そうだったたって心配してた。自

分だって力がなくなったのが怖いって泣いてたのに、お前のことを案じてた」

「ちょっと待て。サリが泣いた？　まさか」

ありえない。ラルフは思わず話を遮《さえぎ》った。

ラルフの知るサリは、怒り以外の感情をほとんど知らないのではないかと思うほど、常に真顔で淡々としている。ラルフに文句をつける時だけ、わずかに眉間に皺を寄せて、ただでさえ硬い声がより一層硬くなる。

笑顔でさえ想像できないのに、泣いただと？

ラルフの屋敷を訪れたサリの様子を必死で思い返してみるが、そんな素振りはまったく見られなかったように思う。

目を剥《む》いたラルフを見て気が削《そ》がれたのか、リュウは呆れ顔で摑んでいたラルフの胸元を離した。

「まさかってなんだよ。自分の世界のほとんどが消えたんだ。不安になりもするだろ」

「世界だと？　大げさな」

鼻で笑おうとしてできなかったのは、リュウが真顔だったからだ。

「世界だ。サリにとっては特に」

「……意味が分からない」

その時背後から馬の蹄《ひづめ》の音が近づいてくるのに気づいて、リュウは御者台に座り直すと手綱を握った。ゆっくりと馬車を走らせる。

互いにしばらく黙っていたが、リュウがふっと息を吐いた。

「この世界のどこにでも居場所があるお前には想像できないだろうけど、サリや一部の精霊使いたちにとっては、この世界よりも精霊たちの声が聞こえる世界の方がずっと、自分の居場所が多いと感じてるんだ」

「何故だ。あいつは、公安精霊使いのパートナー適正者だぞ。正当に力を認められ、相応《ふさわ》しい地位を得ている。この世界のどこに居場所がないと言うんだ」

理解できないとそう言えば、リュウは可哀想《かわいそう》な者を見るような目をラルフに向け、口元を笑みの形に歪めた。

これまでに人からそんな視線を向けられたことがなく、ラルフは不快に思う反面ひどく落ち着かない気持ちになる。自分はなにも間違っていないはずなのに、なにか間違っているような。

なにがおかしいとリュウの横顔を睨《にら》みつけていると、

「俺は子供の頃、王都じゃなくてもっと地方に住んでたんだ」

唐突に始まったのは昔語りだ。

「住んでたのはそこそこ人の住んでる街だったけど、大都市ってわけじゃなかったから魔法使いも精霊使いもいなかった。そこに水の精霊の声を聞く俺が生まれたわけだ。俺が十になる前に、じいちゃんが一家で王都に移り住むことを決めた。どうしてだか分かるか？」

「知らん」

即答すれば、だろうな、とリュウはからりとした笑い声をあげた。

「俺にはよくないものが憑《つ》いていると、街の占《うらな》い師《し》が言ったんだ。占い師は昔からその街に住んでいて、街の人々の信頼を得ていた。俺が雨や嵐を予知したり、川に話しかけたりするのは、水の魔物が憑いているからだってね。このままにしておくと、何《いず》れ街に災いを呼ぶだろうから魔物を祓《はら》えってさ」

どこかで聞いた話だ。眉を顰めてラルフは記憶の中を探り、脳裏《のうり》に浮かんできたのは、デュークの〝鑑賞会《かんしょうかい》〟で鉄の檻に閉じ込められていた幼い子供の姿だった。

住んでいた村に災害を呼び寄せた魔物だと紹介された時、サリが違うと叫んだのだ。子供は、精霊使いだと。

思えば、ラルフのやり方に口を挟《はさ》むことはあれど、職務には基本的に忠実なサリが、なにを見ても決して余計な口出しはするなと予《あらかじ》め言われていたにも拘《かか》わらずその禁を犯したのは初めてのことだ。

そして黙らせるためにサリの口を塞《ふさ》いだラルフの手に噛みついてまで抵抗した。

サリのつけた噛み痕はとうに消えていたが、あの時感じた痛みが甦《よみがえ》った気がしてラルフは無意識に噛まれた痕を撫でた。

「その占い師、どうやって祓えって言ったと思う？　街の真ん中を流れる川に、俺を三日三晩浸《つ》けておけって言ったんだ。魔物を祓う前に俺が死ぬっつー話だよ」

今時そんな旧時代的な世界が存在するものかという否定的な思いが強烈に込み上げてくるが、明るい声でさらりと恐ろしい話をするリュウにどう反応すればいいのかも分からない。

「でさ、俺には幸いなことに若い頃もっとでかい街で暮らしてたことのあるじいちゃんがいた。その街には公安魔法使いや精霊使いが派遣《はけん》されていて、じいちゃんはその存在を知ってたんだ。だから俺の力を畏《おそ》れたりはしなかった。家族の誰もね。それってすげぇ幸運なことなんだよな。お陰で俺は川に浸けられることもなく、王都でこうして暮らしてる。あ、サリの家見えてきたぜ」

途中から険《けわ》しい表情で自身の靴《くつ》の先を見ていたラルフは、リュウの言葉に顔を上げた。

丘の麓からは見えなかったが、今は草原の中にただ一軒《いっけん》ぽつんと建つ小さな家がはっきりと分かった。二階建ての、山小屋より多少マシといった程度の外観だ。小さな家の前には、やたら立派なクスノキが一本生《は》えている。

若い女が何故こんな辺鄙《へんぴ》な場所にと考えかけたが、住んでいるのがサリだと思うと妙に納得できる。ラルフが知っているサリは、いつもひとりだ。

それに、丘を上り始めてからラルフを取り巻く不快な音がほとんど聞こえなくなっていることに気づいた。草地を渡る風の音に、鈴でもついているようなきらきらしい音が合わさっている。ここに来て初めて、ラルフは外界の音に素直に耳を澄ませることができた。

それから、リュウがもうなにも喋《しゃべ》らないのを横目で確認してラルフは口を開いた。

「そんな話、俺はこれまでに一度も聞いたことがない」

精霊使いが魔物扱いされていたのは大昔の話だと聞かされてきた。

そんなことが今も行われているならば、精霊使いの中にそれを語る者たちが大勢いるはずだろう。

「まあ、お前たちにはどうしたって無関係な世界だからなあ。話して楽しい話でもないし、ひどい目に遭《あ》った奴らはそもそも公安局には入ってこない。だから公安局の精霊使いは基本的に子供の頃から大都会住まいの奴ばかりだ。俺を含めてね」

暗に作り話ではないかと言われて怒り出すかと思ったが、当然だとリュウに説明され、かえってラルフは気まずい気持ちになった。

「何故公安局に入ってこない？　公的な地位が与えられれば生きやすくなるはずだ」

「公安局ってのは、人と国を守るための機関だろ。どうして今まで自分をひどい目に遭わせてきた奴らを、その原因になった力で助けてやる気になるんだよ。大体、そんなことが分かる年まで地方で生きてられるかどうかも怪しいのに」

脳裏に浮かんだのはやはり、檻に閉じ込められた子供の姿だった。服だけは新しいものを着せられていたが、痩《や》せていて、目に見える箇所《かしょ》にいくつも痣《あざ》があった。観客の前で、子供は棒で小突かれていたのだ。

〝鑑賞会〟ではなにを見ても手出しをするなと言われ、そう割り切っていた。あの異様な空気の中で、ラルフ自身もあれが普通の子供ではないと思っていたのかもしれない。

だが今改めて思い出せば、ただ胸が悪くなる光景だった。

自分が、ひどく世間知らずになった気がする。

公安局に所属する魔法使いと精霊使いの人数比は、圧倒的に魔法使いが多い。

魔法使いは全国各地から王都を目指してやってくるからだ。

「何故、お前の祖父は近隣の公安魔法使いに連絡を取らなかった」

くだらぬことを告げる占い師など、たちまち処罰《しょばつ》されただろうに。ラルフはそう思ったが、これもあっさり否定される。

「意味がないからさ」

「意味がないとは、どういうことだ」

「正しさは数で決まるってこと。そこに住んでるほとんどの人間が、俺には魔物が憑いてると信じれば、王都から魔法使いがこようと、精霊使いがこようと、彼らにとっての真実は覆《くつがえ》らない。その街に住む限り、俺は水の魔物に憑かれた子供ってことになる。さっさと逃げ出した方が楽だ。そもそもそんな派遣要請《はけんようせい》が来たとして、お前なら要請に応じるかい？」

悪戯《いたずら》っぽい目で訊《き》かれて、ラルフは黙り込んだ。恐らく応じないだろうと思った。

「まあ俺なんかはこうしてどっちの世界でもうまくやれてる方だから運がいいんだ。だけどそうじゃない奴もいるってこと」

サリのことを告げているのだろうか。

ラルフはサリの素性《すじょう》についてなにひとつ知らない。職務に関係の無いことには、一切興味が無かったからだ。だが、今になってそれを聞いたからと言ってラルフにはどうしようもない。

そんなラルフの胸のうちを見透かしたように、リュウが顔をこちらへ向けた。

くしゃりと笑う顔は初めに見たものと変わらないはずなのに、もうこの男が年下には見えない。

「すっかり余計なことまで話しちまったな。最初にお前に言おうと思ってたのは、サリは今、お前が日頃守ってる一般人よりずっと弱ってるってことだけだ。お前も大変なんだろうけど、いつものサリを求めるなよ」

リュウが手綱を引くと、そこはサリの家の少し手前だった。

降りろよと目で示されて、

「お前は行かないのか」

と、ラルフは自分でも思ってもみなかったことを口にしていた。

リュウはああと頷いた。

「お前と話したかっただけだからな。お前もサリとふたりで話がしたいんだろ。邪魔する気はないぜ」

ただし、と急にラルフに顔を近づけて、リュウはわざとらしく凄《すご》んだ。

「俺はここでお前を待ってる。そのことを忘れるなよ」

「……分かった」

頷けば、すぐに表情を変えてみせる。

「力、戻るといいな」

屈託《くったく》のない顔で言う男の言葉が本心のものだと、その時のラルフには理解できた。

奇妙な精霊使い。

だがリュウの言葉に礼を言うのも妙な気がして、ラルフは結局無言のまま御者台から地面に降り立った。

少し先に見えるクスノキ目掛けて歩き始める。

街からここまでくるのにかかった時間はそう長いものではなかったはずだが、思いがけない話を聞かされたせいだろう。デューカの勝手な言い草に憤り、必ずや己の力を取り戻すのだと息巻いていたラルフの頭は、すっかり冷めてしまった。

(とりあえずサリの手首の怪我を確認するか)

二階建ての小さな家の扉の前に立つと、自分が妙に緊張していることに気づいた。

泣いていた、と告げるリュウの声が脳裏を過ぎる。今のサリはいつものサリではない、とも。

だが、そもそもラルフはリュウの告げるところの〝いつものサリ〟など知らないのだ。

しばらく扉の前に立ちなにから言うべきかと考えていたが、サリを相手に緊張している自分が急に馬鹿馬鹿しくなり、ラルフは右腕を振りかぶると扉を叩いた。

「サリ・ノーラム！　いるか。ラルフ・アシュリーだ」

「え？　ラルフ？　どうしてここに……！　待て、駄目だシロガネ！　先に説明してから！」

部屋の中でサリの叫ぶ声が聞こえたかと思うと、ぱたりと、扉は唐突に開いた。

扉の傍には誰の姿もなく、それは魔法のように勝手に開いたらしい。

「ラルフ、説明するからちょっとそこで待っていてほしい！」

なにが起きているというのか、やたら焦《あせ》った声のサリというのが珍しく、好奇心に駆られてラルフは家の中に足を踏み入れ、絶句した。

「やあ、久しぶり」

台所と四角い机と椅子がふたつ置かれただけのこぢんまりとしたサリの家の一階で。

にこやかに両腕を広げラルフを迎え入れたのは、憎んでも憎みきれぬあの魔物だった。

2

ラルフの背後で勝手に扉が閉まった。

さして広くもない一階の一部屋に沈黙が満ち、ラルフの正面には銀色の髪をした魔物が笑顔で立っている。

「これは……どういうことだ、サリ」

完全に虚を突かれたラルフは、今なにが起きているのかと目の前の現実を必死に理解しようとするが、まるで理解できない。

ただ、ラルフの力を奪ったあの魔物が今目の前に存在している。それだけは分かった。

部屋の真ん中に置かれている机の向こうに立っていたサリは、直《す》ぐさまラルフと魔物の間に割り込んだ。まるで、ラルフから魔物を隠すように。

背の低いサリがいくらラルフの前に立ちはだかったところで、魔物の姿はよく見えていたのだが。

「ラルフ、まずは落ち着いて話を聞いて欲しい。その、突然で驚いたとは思うが」

「返せ」

目の前でサリがなにかを言っていたが、ラルフの目には魔物の姿しか映《うつ》っていない。

あの日、檻《おり》の中に突然現れた時には神々《こうごう》しさすら感じられた魔物だったが、今は只人《ただひと》のように小さな民家に不思議なくらい馴染んでいる。

「俺の力を返せ」

サリを片手で横に押しのけ、ラルフは魔物に歩み寄った。

魔物について情報を集めよと言ったデューカの命《めい》も、サリを気遣《きづか》うようにと忠告したリュウの言葉も、魔物の存在を前に消し飛んでいた。

返せ。返せ。返せ！ 俺の力を！

憤《いきどお》りで目が眩《くら》みそうだ。

「今すぐ返せ！」

「ごめんね。それは無理なんだ」

眉を下げて、魔物が口をきいた。妙に人間臭く、心底申し訳なさそうに見えるその表情に、ラルフは更《さら》に声を荒らげた。

「何故だ！ お前が俺の力を奪ったんだろう。それがどうして返せない！」

「ラルフやめろ。今すぐには無理なんだ。まずは話を聞いてくれ」

魔物に伸びかけた手を、再び間に割り込んで止めたのはサリだった。女性にしては強い力で、ラルフの腕をしっかりと掴む。

「どういう意味だ！　そもそも、何故この魔物がここにいる。お前が匿《かくま》ったのか！」

ラルフの怒鳴り声にもサリは決して目を逸《そ》らさない。

「違う。だからそれを今から説明すると言ってるんだ。少し冷静になってくれ」

「この状況でどうやって……！」

その時ふとラルフの視界に入ったのは、ラルフの腕を掴むサリの右手だった。

リュウが話していた通り、手首には赤い結い紐《ひも》が掛かり、光沢《こうたく》を放つ黒い石がつけられているのが見える。その紐とは別の赤い筋が、細い手首にはっきりと刻まれていた。

まるでもうひとつ赤い紐を掛けているのかと思うほど鮮やかな痕《あと》に、ラルフは思わず口を噤《つぐ》んだ。

——力がなくなったことが、怖いって泣いてた。

リュウの言葉が脳裏《のうり》を過《よ》ぎり、視線をサリに移すと、ラルフの腕をしっかりと掴んだまま、硬い顔をしてこちらを見上げている。

眉根に皺《しわ》を寄せる、よく見慣れた表情だ。特別瘦《や》せてもおらず、泣いて目が腫《は》れている様子もない。ラルフにはいつもと変わりないサリに見える。

「……どうした」

まじまじと見つめすぎたのか。サリが怪訝《けげん》な顔をしてラルフの腕から手を離した。魔物へ向かっていたラルフの怒りの感情が小さくなったことに気づいたらしい。

「なにが起きているのか、最初から聞かせろ」

努めて感情を抑えて言えば、サリはほっとしたのかわずかに目元を和《やわ》らげ、ラルフに粗末な椅子を勧めた。


話が終わるまで二階で待っていてくれとサリに言われ、魔物はそうするよと物分かり良く頷くと、部屋の奥にある階段を上っていった。

地に足をつけて歩いている様などを見るとまるきり人のようだが、階段を上る足音がまったくしないことに、やはり人ではないのだと窺《うかが》い知《し》れた。二階に上がる前に、これを、とサリが机の上に転がっていた果物をいくつか手渡していたが、魔物があれを食べるのだろうか。

そうして落ち着いて改めて見ても、サリの家はとても小さかった。扉を開けて三歩も歩けば、そこには直《す》ぐに生活空間が広がっている。

部屋の真ん中に粗末な木机と椅子が二脚。南側に台所と物入れが並ぶ空間はラルフの私室より狭《せま》い。

木机の上には果物がいくつか無造作に置かれて、花のひとつも飾られていない代わりに、窓辺には束《たば》ねた草がいくつか吊《つ》るされている。台所側にある窓は大きく、そこから遠くまで続く丘が見えている。

家主同様、飾り気も素《そ》っ気《け》もない部屋だ。ここが女性の住む家だと思う者はいないだろう。まるで薬師《くすし》の家のようだ。

お茶でも淹《い》れる、とサリは台所に立ち、湯を沸《わ》かしている。いつも通りひとつ編みにされた黒髪の尻尾が、背の半《なか》ばで揺れているのをラルフはぼんやり見つめる。

これまで二年ほど一緒に仕事をしてきたが、互いのプライベートに踏み込んだことは一度もない。

サリがラルフの屋敷を知っているのは異変を感じ取った際にはいつでも知らせるよう言ってあるからで、この前見舞いに来るまで、サリは屋敷の内に入ったことさえなかった。

独身男性の住まう屋敷にむやみに足を踏み入れないサリ様は、最近の方にしてはとても慎《つつし》み深い女性です、とハザーなどは妙な勘違いをしているが、最近は、お仕事でわざわざお訪ねくださる方に、ラルフ様はお茶をふるまうこともしないと文句を言うようになってきた。

この女も湯を沸かしたりするんだなと、ラルフは当たり前のことに驚いたりしている。

それほど、サリという精霊使いには生活感がないのだ。

初めて会った時から今まで、それが一貫して変わらぬサリの印象だ。

サリより五つほど年上のラルフが、公安局にサリと同時期に入局したのは勿論《もちろん》偶然ではない。公安局に入る以前より、パートナー制度の適正者となることがほぼ確定していたラルフは、自身のパートナーとなる精霊使いを時間をかけて探していた。

一度パートナーが決まってしまえば、余程の理由がない限り相手を変更することはできない。入局を数年遅らせてでも、耳の良い精霊使いをパートナーとすることが大切だと祖父や父親から繰り返し教えられていたラルフは、学校で共に学んだ同級生らが次々と公安局に入局して活躍《かつやく》するのを横目に、淡々と精霊使いの情報集めに勤《いそ》しんだ。

ラルフが自身のパートナーとなる精霊使いの絶対条件として掲《かか》げたのは、万能系と呼ばれる能力を持つことだった。

精霊使いは地水風火の声を聞くと言われている。

先程話をしたリュウは気象課の所属で水の声を聞くと言っていたが、恐らくその他の地風火の声を聞く能力は低いか、全くないにちがいない。

魔法使いに大岩や巨木などを破壊することを得意とする者と押し寄せる火や濁流《だくりゅう》をせき止めることを得意とする者がいるように、精霊使いの能力にもばらつきがあり、すべての精霊使いが地水風火の声どれもを聞くことができるわけではない。

万能系とはつまり、地水風火すべての声を、一定以上の水準で聞くことのできる能力を持つ者のことだ。

現在、パートナー制度の適正者となっている精霊使いのうちの半数が万能系能力者とされているが、よくよく調べてみれば、すべての声を高水準で聞いている精霊使いというのは全体の一割に過ぎない。

その数少ない精霊使いをパートナーとする公安魔法使いの活躍は、何《いず》れも華々《はなばな》しいものだ。

ラルフはたとえ何年かかろうとも、必ず高水準で万能系の精霊使いを己《おのれ》のパートナーとすることを決めていた。

毎年新しく公安局に入局する精霊使いの情報はすべて収集し、気になる精霊使いがいれば仕事の現場へ見に行った。

だが、万能系の精霊使いはなかなか現れない。地水風火のうち三つを高水準で聞く能力を持つ者は時折現れるのに、すべてをとなると途端にいなくなる。

最初の一年はそう簡単に見つかるはずがないとのんびり構えていたラルフだったが、三年、四年と月日が過ぎても一向《いっこう》に自身の望む相手が現れないとなるとさすがに焦《あせ》りが出てきた。

祖父や父親も、そろそろ妥協《だきょう》してはどうかと口にするようになり、ラルフ自身、己の力を発《は》揮《き》できず時間が無為に過ぎていく現実に、公安魔法使いとなる目的と手段をはき違えているのではと疑問を覚え始めた頃だった。

公安局局長カルガノが後見人となった素性《すじょう》の知れない精霊使いが、万能系であるという情報を得たのは。

情報をもたらしたのは他でもない、カルガノ本人だった。

ある日ふらりとラルフの屋敷を訪れたカルガノは、今度私が後見人となる精霊使いのことですが、と単刀直入に切り出した。

『君が長年探し求めている、万能系精霊使いです。公安精霊使いとしての能力は申し分なく、パートナー適正者として入局させます』

と。

公安局からは定期的に、ラルフの入局を勧めに上席の公安魔法使いたちが屋敷を訪ねてきていたが、局長自ら足を運んできたのは初めてのことだった。これは父親か祖父の差し金かと身構えていたラルフだったが、カルガノのこの発言には完全に言葉を失った。

万能系精霊使いを求めているのはラルフだけではないだろう。既に公安局で経験を積んでいる優秀な魔法使いたちも大勢居《い》るはずだ。勿論、その誰にも能力で負けるつもりはないが。

『……何故、私にこの話を？』

しばらくして、やっと言葉を絞《しぼ》り出《だ》したラルフにカルガノはさらりと返した。

『君が誰よりもあの子の力を求めているからです』

ラルフが何年も入局を見送っている理由は、既に多くの魔法使いたちに知られている。

『では、その者を私のパートナーに？』

逸《はや》る気持ちを抑えられず身を乗り出したラルフに、カルガノは微笑《ほほえ》んだ。

『もしあの子をパートナーにしたいなら、ひとつだけ条件があります』

『なんです』

カルガノは眼鏡《めがね》の奥からじっとラルフを見据《みす》え、こう告げた。

『あの子の――サリの声を必ず聞くこと』

『……それだけですか？』

公安魔法使いがパートナーである公安精霊使いの言葉を聞くのは当然のことだ。

眉を顰《ひそ》めたラルフにカルガノはきゅっと目を細めた。

『サリの声は必ず、ですよ。それができないのであれば、君にサリは推薦《すいせん》できません』

『できます』

カルガノの言葉が終わる前に、ラルフは断言した。

カルガノが心配しているのは魔法使いと精霊使いの間にある確執《かくしつ》だろう。

対等の立場だと思えと言われれば拒否するが、ラルフは公安魔法使いとなるために生まれてきたのだ。

耳の良い精霊使いの言葉を軽んじるような愚《おろ》か者《もの》ではない。

この日をどれほど待ち侘《わ》びてきたか。

やっと、自身の力を存分に発揮《はっき》することができるのだ。

歓喜で震えそうになる体を抑え、だがラルフはこの話にそのまま飛びつくような真似はしなかった。

『カルガノ局長、その条件を呑《の》む代わりと言ってはなんですが、私にも一度、その精霊使いの能力を確かめさせて頂《いただ》きたい』

『結構ですよ』

カルガノは鷹揚《おうよう》に頷いた。

『サリの能力は確かです。必ず、君の気に入ることでしょう。けれどももしも君が条件を違《たが》えることがあれば、その時には私は、局長の権限をもって対処します。よろしいですか?』

つまり、パートナーを解消させるということだろう。

随分《ずいぶん》精霊使いに過保護な真似をするものだと思ったが、ラルフにはこの機会を逃《のが》す手はなかった。

そうして、ラルフ・アシュリーは遂《つい》に公安局に入局し、念願の万能系精霊使いサリ・ノーラムを自身のパートナーとすることに成功したのだった。


カルガノが断言した通り、サリ・ノーラムの精霊使いとしての能力は概《おおむ》ねラルフの満足するものであった。

サリの耳の良さは公安精霊使いの中でも上位に入ると噂《うわさ》されるほどであったし、実際、サリはあらゆる場所で誰よりも早く小さな異変を察知しラルフに知らせてきた。

初対面でサリの能力を試したことでラルフとの仲は決して良好とは言えないが、情報を偽《いつわ》るような真似もせず、情報を出し惜しみしたり、魔法使いを試すような真似もしない。

時折ラルフのやり方に意見してくるのが鬱陶《うっとう》しいが、ラルフにおもねる様子もなく、仕事が絡まなければ近づいてくることもない。

サリ・ノーラムとはいかなる人物か？

ラルフはどこに行っても、同じ問い掛けを受けた。それに対する答えはいつでも同じだ。

彼女はラルフ・アシュリーが遂に公安局に入局した際、そのパートナーに選んだ相手である。

職務上のパートナーとしてこれほど理想的な相手はいない。

——なるほど。君は随分役に立つ道具を手に入れたというわけだ。では、人物としてはどうだ？　いつもつんと澄ましているように見えるが、なかなか整った顔立ちをしているだろう。

ラルフが淀《よど》みなく答えると、そんな問いをする相手が必ず現れる。ラルフがもっとも面倒だと思う質問だ。

彼らが訊《き》きたいことは決まっている。

サリ・ノーラムがまだ年若い女性の精霊使いだと知って、大抵は下世話な想像を働かせているのだ。

だからラルフは、下卑《げび》た好奇心を隠しもしない連中にこう答えてきた。

——人物？　あれはどちらかと言うと、〝なり損ない〟だろうよ。澄ましていると言うより、人としての感情に乏《とぼ》しいと言うべきだろうな。

精霊の声を聞くことのできる精霊使いは、かつて魔物として扱《あつか》われていたという。〃なり損ない〃は文字通り、人間になり損なったもの、という意味だ。

精霊使いたちへのこれ以上はない蔑称《べっしょう》で、人でないものを相手にしたりなどしないとラルフが暗に示せば、君はパートナーにひどいことを言うな、と笑いながら人々が話題を変えるのが常《つね》だった。

サリのことを本当に〃なり損ない〃だと思っていたわけではないが、どこか浮き世離れしたところがあると思っているのは本当のことだ。

ラルフは己のパートナー候補となったサリを見定めるために、サリが入局してから何度かこっそり現場を見に行った。

サリを見つけるのは容易《たやす》かった。

小柄《こがら》で、腰ほどまである長い髪をひとつ編みにしている姿が特徴的《とくちょうてき》だったからではない。いつもどこか強張《こわば》った顔をして、集団から一歩遅れて、けれど真っ直ぐに前を見て歩いている姿が不思議と目についたからだ。

サリはいつもひとりだった。誰かに囲まれている時でさえ、そこに馴染んでいないことが容易に感じられた。

かと言って完全に集団から離れているわけでもない。言葉を求められれば的確な意見を発言し、その口調は非常に直截《ちょくせつ》で男性的で、都会の女性にはなかなか見られないものであり、益々《ますます》サリの存在は浮いて見えた。

サリ自身が誰かに積極的に話しかける様子もなく、誰かに話しかけられても淡々としたその表情が大きく変わるわけでもない。

そして時折あらぬ方向を見つめていたりした。

深緑の瞳がぐっと濃くなり、光を湛《たた》える。

そういう時のサリは完全に自身の世界に入っていて、この世界とは別の場所にいるように見えた。

同僚である精霊使いたちにさえ、〝あちら側〟寄りの存在と言われているのだから、やはりサリは普通とは言えないのだろう。

そんなサリが、いわゆる人として一般的な日常を送る姿というものが、ラルフにはどうしても想像できなかった。

だが今、サリはラルフの目の前で湯を沸かしている。

その姿を見て初めて、ラルフはサリの過去について考えた。サリにも過去があることに不意に気づいたと言うべきか。

それほど、今まではサリに対して興味を抱《いだ》いてこなかったのだ。

カルガノは後見人となるサリについての詳細《しょうさい》をなにひとつ話さなかったし、サリもラルフに名乗りこそしたが、自身についてそれ以上語ったことは一度もない。

王都にくるまでどこに住んでいたのか、なにをしていたのか。どうしてカルガノを後見人とすることができたのか。

一度考え出せば、次から次へと疑問がわいてくる。

「ラルフが私の家を知っているとは思わなかった」

考え込んでいると、独《ひと》り言《ごと》のようにサリが呟いたのでラルフは意識を引き戻された。

「精霊使い部に聞きに行ったら、お前の友人だとかいう男が送ってくれた」

「リュウが?」

ぱっとこちらを振り返ったサリの表情に、ラルフは小さく目を瞠《みは》った。

普段使いに見える大きなカップになみなみとお茶を注いでラルフに手渡すサリの表情は柔《やわ》らかく、口元が緩《ゆる》んで嬉しそうに見える。

「リュウはいい奴《ヤツ》だろう」

「さあ。調子の良さそうな奴ではあったな」

そう言うと、サリは不満げに片眉を上げて、ラルフのよく知るサリの顔になった。

面白《おもしろ》くないような、どこかほっとしたような気持ちになる。

サリが対面に掛けるのを見て、ラルフも居住まいを正した。

「あの魔物はいつからここにいる。お前になにを話した。全部、聞かせてもらうぞ」

サリは少しの間、考えを整理するようにカップの中を眺めていたが、やがて顔をすっきりとあげた。

深緑の瞳が、ラルフを映《うつ》す。

「昨日、家に帰ってきたらもういたんだ。さっきラルフを出迎えたみたいに、おかえりと言って私を出迎えた。私が入院している間、ずっとここに居たらしいんだ」

「は？」

思わず低い声が出るが、サリは小さく溜息を吐《つ》いただけだった。

「そんな顔をされても、同じ話しかできない。私だって昨日帰宅した時、随分驚かされたんだ」

「カルガノ局長にはもう報告したのか」

サリはぴくりと肩を揺らした後、無言で首を横に振る。

「まだだ」

この異常事態をサリが報告していないことは、非常に珍しいと言って良かった。

やはりサリと魔物の間にはなにかあるに違いない。

「あいつは何故ここに？　ここでなにをしていた。お前はあいつのことを知っているのか。力を直ぐに返すことのできない理由とはなんだ」

ひとつひとつ問ううちにラルフの体は次第に前のめりになり、声が大きくなる。

「ラルフ、分かったから。今から説明するから、あまり大きな声を出さないで欲しい」

「何故だ」

サリが慌てたように視線を上にやってラルフを宥《なだ》めるが、魔物を気遣うその態度がラルフにはますます気に食わない。

「だいたい、あんたはどうしてそうシロガネに対して強気なんだ。あんたの力を奪った相手だぞ。恐ろしくはないのか」

呆《あき》れたように続けられた言葉に、今度はラルフが片眉を上げた。

「お前が恐れていないものを、何故俺が恐れる必要がある」

サリの目が丸く見開かれたが、何に驚いているのか分からない。

魔物が危険なものであればサリは早々に警告を出すし、そもそも呑気《のんき》に話などするはずがない。

腕組みして告げれば、サリはますます目を丸くしている。一体なんだと言うのだ。

「君が僕を怖がっていないことは分かったけど、エトが君の声にひどく怯《おび》えているから、もう少し穏やかに話してやってほしいな」

いつの間に下りてきていたのか、階段を踏む足音などまったくなかったはずなのに、気づけばサリの背後に魔物の姿があった。

「シロガネ、まだなにひとつ説明できていないんだ。もう少しだけ上で待っていてくれないか」

背後から不意に投げかけられた声に驚いたサリが、慌てて魔物を二階に追いやろうとする。

さっきからサリが口にするシロガネ、というのはあの魔物の呼び名だろうか。その上、また更《さら》に知らぬ名が出てきた。

「エト?」

ラルフの呟きにサリが振り返り、そうだと頷いた。

「シロガネは、エトをここに避難させていたんだ。あの、〝鑑賞会〟でシロガネを呼んだ子だ」

はっとラルフは二階を見上げる。もちろんそこに見えるのは茶色い天井だけだが。

「君の声にひどく怯えて、ベッドから出てこなくなったよ」

穏やかだがこちらを咎《とが》めるような魔物の声に、ラルフは目元を強く押さえ呻《うめ》いた。

「一体、なにがどうなっているんだ」

魔物は、白銀《しろがね》という名らしい。

サリが言うにはバクと呼ばれる生き物で、ラルフが魔物と呼ぶ度《たび》、魔物ではないと何度も訂《てい》正《せい》された。

ではなんだ、と問えば、ラルフの向かいに掛けたサリは難しい顔をして黙り込む。

「バクについてうまく説明するのは難しい。でも、彼らは人のために存在してくれているんだ。

のだ。

だが、サリの言葉を信じるならば、やはりあの子供は魔物の仲間などではなく、ただの人な

余計に意味が分からなくなった。

白銀はエトのために」

「あの時はとにかくエトを安全な場所に移さなければならなかったからね。サリの記憶を読んで、この家に避難したんだ。ここがあの子にとっては一番安全だったし、サリに頼みたいこともあったからね。エトはこの家を気に入ったみたいだ。あちこちからやさしい音がすると、夜もぐっすり眠るようになった」

魔物は台所の縁《ふち》に軽くもたれて窓の外を眺めながら、慈愛に満ちた表情でそう語った。人間臭《くさ》いその顔が妙に苛《いら》ついて、ラルフは魔物を糾弾《きゅうだん》した。

「そんなことができるなら、何故あの子供が捕まる前に助け出さなかった。お前はあの子供のために存在しているのだろう。捕まった後でも、いくらでも助けることができたはずだ」

どうやら魔物と子供は商人に捕まる前から共にいたらしいのに。観衆の見守る中、頑丈《がんじょう》な檻の中に突如《とつじょ》現れ子供をさらうことのできる力を持ちながら、子供が商人に捕まる時には助けなかったというのは道理に合わない。

「エトに、呼ばれなかったからね」

悲しげに魔物は目を伏せた。魔物は睫毛《まつげ》まで銀色をしている。

「呼ばれなかった？」

「僕はエトの望みを叶《かな》えずにはいられない。エトが強い気持ちで僕を遠ざけようとすれば、近づくこともできない」

商人たちは魔物を、デューカへ捧《ささ》げる最大の見世物にしようと企《たくら》んでいたらしい。

そして魔物が子供の呼びかけに反応することを知り、先に子供を捕まえた。

「エトは僕を守ろうとしてくれたんだ。あの男たちに捕まる直前から、一切僕を望まなくなった。遠くへ行って。逃げてって、そればっかり。僕はエトに願われたらそれを叶えずにはいられない。エトが心の底から僕を呼ぶまで、助けに行くことはできなかった。とてもとても怖い思いをしていたのにね」

「そんな馬鹿な話が……」

「バクは、そういう生き物なんだ」

こちらをからかっているのかと眉を吊り上げたラルフに、魔物の発言を肯定するように断言したのはサリだった。

「人に願われたら、叶えてしまう」

真剣な瞳を真っ直ぐに向けられては、ラルフもそれ以上言い募《つの》ることができない。

サリが嘘を口にしないのは、仕事をしていた二年のうちに知っている。

釈然《しゃくぜん》としないながらも口を噤《つぐ》めば、サリがちらと二階に視線をやった後、難しげな顔をラルフに向けた。

「ラルフ、私たちの力をすぐに返してもらうことができないのも、それが原因なんだ」

「どういう意味だ」

「バクは自分の意思で力を振るうことはほとんどない。添う相手の願いを叶える形で力が発動するんだ。あの時のことを覚えているか」

ラルフとサリが力を失った日のこと。

覚えていないわけがない、言いかけてラルフは気づいた。

「……俺たちが力を入れ替えられたのは、あの子供の願いだというのか⁉」

「声が大きい！」

サリは、容赦《ようしゃ》なくラルフの口を塞《ふさ》いだ。

そのまま顔を近づけ、小声で話す。

「あの時、あんたは白銀を撃とうとしただろう」

「エトの願いは、〝君の恐ろしい力を奪って欲しい〟だった」

声と共に、ひょこりと魔物がラルフとサリの間に顔を寄せた。銀色の髪が肩から滑《すべ》り落《お》ち、ラルフの目はちかちかした。

「でも存在する力を完全に失《な》くすことなんてできないんだ。別の場所に移すことはできる。ただし、人の器には容量がある。サリの器に君の力を移すなら、元からサリの器に入っていた力は別の場所に移す必要がある」

「私たちの力が入れ替わった理由だ」

魔物とサリの言葉を反芻《はんすう》し、ラルフは自分の口元を押さえるサリの手を引き剝《は》がした。

「……つまり、俺たちの力をもう一度入れ替えるには、あの子供がそれをこの魔物に願えばいいんだな？」

凄《すご》むように言えば、サリはわずかに上体を引いてぎこちなく頷いた。

「まあ、そういうことになるんだが」

ならば話は早いではないか。

己の力が戻ってくる。

手のひらを見つめ、握り締める。じわじわと込み上げる高揚感。

「はっ」

思わず、笑いが込み上げた。

気分が良いせいか、さっきから耳障《みみざわ》りな騒音もほとんど聞こえない。

「さっさと終わらせるぞ。子供は二階か」

意気揚々《ようよう》と立ち上がろうとしたラルフの肩を、ふたつの手が同時に押さえた。サリと魔物だ。

「なにをする」

苛立ちも露《あら》わに言えば、信じられないと目を極限まで丸くしたサリと魔物に、交互に詰め寄られた。

「あんた、本当に状況が分かっているのか」

「君が僕を撃とうとしたから、エトは君から力を奪うよう願ったんだよ」

「だから？」

ラルフは心の底から問うた。

「この国の子供にとって公安魔法使いがどんな存在かお前は知らないのか。確かに今は多少の誤解が生じているだろうが、俺はそもそもお前を撃つつもりはなかったし、子供が人の子であるならば俺が全力で守ってやると言ってやれば安心するだろう。制服を着てくればより分かりやすかったかもしれんが、それはまあ仕方ない」

王都での公安魔法使いの人気は言うまでもなく、どの赴任地《ふにんち》においても、ラルフは子供たちから圧倒的な憧憬《しょうけい》の眼差《まなざ》しを向けられてきた。

君を俺が守ってやると一言告げさえすれば、あの怯えきった子供の顔はたちまち笑顔に変わるだろう。

ラルフは、本気でそう思っていた。

だが、胸を張って言ったラルフに返ってきたのは、呆れを隠しもしないサリの特大の溜息だった。頭が痛むとでも言うのか、こめかみを押さえている。

「あんたのことを心底怖がっているあの子にそんな説明が通用すると思っているのか。そもそもあの子はきっと、公安魔法使いの存在なんて知りやしない」

「前途多難ってやつだね、サリ」

目の前でふたりに溜息を吐かれ、ラルフは先程リュウから聞いたばかりの話を思い出した。本当に、公安魔法使いを知らない子供が存在すると言うのか。

そちらの方が余程信じられない。

「俺は子供に手を上げたりしない」

なんとなく分《ぶ》が悪いのを自覚し、言い訳めいた主張をしてみる。

「あんたが本当はどう思っていようと、あの時白銀を撃とうとしたのは事実だ。あの子にとってはそれがすべてなんだ」

「じゃあ、どうしろって言うんだ」

苛々と立ち上がったラルフに、魔物が近づいた。

「エトを守って欲しいんだ」

「は？」

「僕はいつまでもエトの傍《そば》にはいられないからね。だからこれから先、エトが安心して暮らせるように、君たちでエトを守って欲しい。サリのところにきたのは、彼女にエトのことを頼むためでもあったんだ」

「どういうことだ」

この魔物は、子供に添っているのではなかったのか。何故離れるようなことを言う。サリに視線を移したが、後で説明すると言われる。先程からそればかりだ。

「だが、お前がいなければ俺とサリの力は」

再び入れ替えることができないんだろう、と続けようとした時だった。

「お前、そこでこそこそなにやってるんだ。うわ！」

窓の外が一瞬青白く光り、人の駆け去る足音が聞こえてきた。

「リュウの声だ」

サリが鋭く叫び、表へと駆けていく。

慌ててラルフもその後を追えば、クスノキの根元に赤い髪の男が倒れている。

息を呑んだサリがリュウの元へ駆け寄るのを見ながら、ラルフは辺りを見回した。丘を下る一本道を、人を乗せた馬が一頭駆けていく。

「リュウ、大丈夫か。なにがあったんだ」

必死でリュウを抱き起こすサリの元へ近寄り、その場に片膝をつく。

リュウは意識を失っているようだったが、呼吸等に異常はなさそうだった。

ラルフはそれを確かめた後、リュウの頰を軽く叩いた。やめろとサリが叫ぶのを無視して、二、三発頰を叩いていると、男がぼんやりと目を開けた。

「リュウ、さっきの男は魔法使いだな。サリの家を探っていたのか」

「くそ。普通、いきなり人に魔法かけるか？　油断した」

頭を押さえながら体を起こしたリュウは、ばつが悪そうな顔をした。

「あいつ、いつからあそこに居たんだろうな。俺、ラルフが帰ってくるまで寝てようと思ってクスノキの影で寝てたんだよ。で、ふっと人の足音がすると気付いて覗いたら、サリの家を窺《うかが》ってる奴がいたから、女のひとり暮らしを狙《ねら》ってきた物盗《ものと》りかなにかと思ってさ。脅《おど》せば逃げると思ったんだけど、まさか魔法使いだなんて分かんねーだろ」

リュウの言葉に、サリは怪訝な顔をする。

「魔法使いがどうして私の家に……。それに黒服は人に魔法を向けないだろう」

「当たり前だ」

公安魔法使いの制服は黒く、黒服と言えば彼らのことを指す。

リュウとサリの会話を聞きながら、ラルフの顔はみるみる険《けわ》しくなっていく。

その場に立ち上がり、サリの腕を引き立たせると、リュウを放置したまま早足に家へと促《うなが》した。サリを扉のうちに押し込み、扉を閉める。

「サリ、今すぐあの魔物と子供を連れてここを出ろ」

「いきなりなにを言うんだ。それにあのままリュウを放っては」

「恐らく、さっきの魔法使いはデューカの手先だ」

はっと、サリの体が緊張した。

「デューカは魔物を手に入れたがっている。俺に、お前から魔物の情報を得るよう指示を出してきた」

その一方で、サリの元にはあの魔法使いを監視役として送り込んだのだろう。

あと数時間もしないうちに、デューカはサリの家に魔物が居ると知ることになる。

「魔物、さっさとあの子供を連れてここから離れろ！　お前を捕まえに魔法使いが来るぞ！」

「ラルフ、そんな大声で言っては駄目だ！」

一階から姿を消していた魔物に聞こえるよう、二階に向かって叫んだラルフの耳にか細い声が聞こえたのはその時だ。

「また、だれかがシロをつかまえにくるの？」

「エト！」

階段の脇から顔を出したのは、真っ白な顔色をした子供だった。

短い髪は不揃《ふぞろ》いなままであるものの、顔や手足に汚れは見えず、色あせた青い長袖《ながそで》のワンピースを着ている姿はどこにでもいる普通の子供に見える。

慌ててサリが子供に駆け寄るが、子供は怖々と目を見開いて震えながらラルフを見ている。

そこへ銀色の髪の魔物がやってきて、子供を後ろから抱き締めた。

銀色の瞳が、子供の後ろからラルフを見据《みす》えた。

強い光に、本当のことを言えと、乞われているような気がした。

「ああ、そうだ」

そうしてラルフが頷いた途端、唐突に魔物の姿は子供の傍《そば》から消えた。

子供の両目から大粒《おおつぶ》の涙が溢《あふ》れ、握り締められた拳《こぶし》がぶるぶると震えている。はあはあと次第に子供の息が上がり始め、ぎょっとするラルフの目の前で、険《けわ》しい表情のまま、サリが子供を抱きかかえた。

「白銀を守るつもりなんだね。大丈夫。エト、あんたを誰にもやったりしない。私もあんたと一緒に行くから」

小さな手がサリの背を必死に握り締め、嗚咽《おえつ》が漏れる様を半ば《なか》呆然《ぼうぜん》と見守っているうちに、ラルフはなにが起きたのかをやっと理解した。

さっき魔物から聞いたばかりではないか。

この子供は魔物が捕まると聞いて、再び魔物を自分の傍から遠ざけたのだ。

己の力を取り戻すための鍵《かぎ》をみすみす失うとは、なんという失態だ。

ラルフはぎりと奥歯を嚙み締めた。

あの時、魔物にいいように誘導された気がしたのだ。

「ラルフ、あんたはどうする」

サリが子供を抱いたまま立ち上がり、ラルフを振り返った。

どうする?

ここに残ったところで、デューカの子飼いの魔法使いたちにサリたちの居場所を言えと責められるのがおちだろう。

己の力を取り戻すためにはあの魔物の存在が必要で、あの魔物をもう一度呼び寄せるためには目の前にいるこの子供の力が必要なのだ。

「公安魔法使いとしての務めを果たす」

この国の子供を保護するのは、公安局局員の役目だ。

「今度は率先して守ってくれ。公安魔法使いとして」

デューカの〝鑑賞会〟で、檻に入れられたエトを助けようとしなかったラルフの態度を厳《きび》しく皮肉った後、サリは真顔になると子供を一度二階に連れて行き、旅の用意のために階段を一段飛ばしで駆け下りてきた。

「行く当てはあるのか」

「ああ」

頷くが、その横顔は硬い。

「どこへ？」

サリは狭い部屋を忙《せわ》しなく動き、ずた袋に手当たり次第に荷を詰め始めていたが、ラルフが問うとふと動きを止めて視線を窓の外へと向けた。

緑の広がるその遙《はる》か彼方《かなた》へ。

口元が複雑な笑みを形作る。

「私の育て親の家に」

王弟デューカが、美しい魔物とその魔物を呼び出す子供を捕らえようと追っ手を差し向けてくる。

3

その前にここから逃げろ。

そう告げたラルフにサリの決断は早く、家を出るための支度《したく》を慌ただしく整え始めた。

「サリ、なにが起きてる！　……なにしてるんだ？」

同時に、一度ラルフが閉めた扉を乱暴に開き、玄関先に立っていたラルフを押しのけるようにして家に入ってきたのはリュウだった。

先程、サリの家を窺《うかが》っていたデューカの手下に魔法で吹き飛ばされた際、したたか打ち付けた後頭部がまだ痛むのだろう。後ろ頭に手を当て若干《じゃっかん》顔を顰《しか》めていたが、サリが大きな袋を手に忙《せわ》しなく動いているのを認めて更《さら》に表情を険《けわ》しくした。

「お前には関係のないことだ」

ラルフはすぐにリュウを外に追い出そうとしたが、サリの声がそれを止めた。

「リュウ、すまないが乗ってきた馬車を貸してくれないか。近くの街に着いたらすぐに返す。それから、カルガノ局長に私が静養を兼ねてオルシュの墓参りに行ったと、内密に伝えて欲しい」

「内密に？」

ああ、とサリは棚《たな》から取り出した竹筒に水桶《みずおけ》から水を詰めながら頷いた。

「リュウ、あんたは私の家の周りをうろついていた不審者にやられて、目が覚めたら私も馬車も消えていたんだ。局長以外の誰になにを聞かれてもそう言って欲しい。なにも知らないと」

リュウをデューカから守るためのうまい考えだとラルフは思った。

知らぬ存ぜぬを通せば、リュウは誰からもなにも追及されようがない。

「これ以上の詮索《せんさく》は面倒を招く。サリの言う通りにしろ。それがお前のためだ」

ラルフにしては最大級の親切心でリュウにそう告げたが、リュウはちらりとこちらに視線を向けると、確信に満ちた声で告げた。

「デューカ様か」

ぎょっと見開いてしまった目を、取り繕《つくろ》うことはできなかった。それだけでリュウには十分だったらしい。

荷を作る手を止めないサリの横顔を見つめ、その後じっと天井《てんじょう》を見つめて口を開いた。

「先の〝鑑賞会〟以降、デューカ様は魔物に随分執心《ずいぶんしゅうしん》していると聞いてる。さっきの不審者はサリの監視か。で、突然の帰省の理由はさっきから上で泣いてる誰かのためってことでいいんだよな」

ラルフは思わずリュウと同じように天井を見上げた。

デューカの催《もよお》す〝鑑賞会〟で魔物を呼び出した子供——エトは確かに上階にいるはずだが、先程から泣き声はおろか物音ひとつさせてはいないというのに。

「水たちが騒いでる？」

一方、サリは大して驚いた様子もなく、苦笑気味にそう言った。

「ああ。さっきから『泣かないで』『可哀想《かわいそう》』の大合唱だ。それにしても随分静かに泣く子だな」

肩を竦《すく》めたリュウは、天井に顔を向けたまま心配げに眉《まゆ》を下げた。

それを聞いて、ラルフはリュウが気象課に所属する精霊使いだということを思い出した。水の声を聞くと本人が言っていたではないか。つまりこの男は水の精霊の声を聞き、二階にいるエトの存在に気づいたということか。

だが、水が騒ぐ？　泣かないでの大合唱？

一体どこで？

狭《せま》い部屋を見回して目につく水は、台所の隅《すみ》にある水桶、テーブルの上に置かれた飲みかけの茶くらいだ。

魔物によってサリと力を入れ替えられて以来、精霊たちの発する雑音に苦しめられてきたラルフだが、今、妙な音は聞こえていないように思う。

わけの分からない音が原因で頭痛や目眩《めまい》に襲われるのが嫌で、ここ数日で自分の心臓の音に意識を集中させ、外界から否応《いやおう》なくねじ込まれる雑音を極力聞かないようにする癖《くせ》がついた。

今日久しぶりに外に出た時にはやはり雑多な音の洪水に襲われて気分が悪くなりかけたが、サリの家に近づくにつれ頭痛を引き起こすような不快な音が小さくなり、この家に入ってからはほぼ雑音がしなくなったと思っていたのだ。

それなのに、リュウは水が騒いでいると言う。

恐る恐る水桶の方を見つめ水に意識を集中させてみる。

途端、返ってきたのはきいきいと甲高《かんだか》い獣《けもの》の鳴き声のような音で、たちまちこめかみがくらりとし、ラルフは直《す》ぐさま水から意識を逸《そ》らした。

なにが水の声だ。あれが精霊使いには人の言葉に聞こえるとでも言うのか！

目を剝《む》き突如《とつじょ》自身の耳を押さえたラルフの様子に気づきもせず、リュウはふっと笑みを浮かべてサリを見た。

「〝鑑賞会〟の子か？」

「ああ。バクが助けてやってくれとうちに連れてきたんだ」

「サリ！」

〝鑑賞会〟で見聞きしたことは口外禁止とされている。特に本物の魔物が現れた先の〝鑑賞会〟

は、即日箝口令《かんこうれい》が敷かれているというのに。

躊躇《ちゅうちょ》なく頷いたサリを制するように叫べば、リュウが落ち着けとラルフを振り返った。

「〝鑑賞会〟でのことは俺が個人的に調べて知っているだけだ。人の口に戸は立てらんねーだろ。どれだけの人間が〝鑑賞会〟を観たと思ってる。特にこの前の〝鑑賞会〟のようなことが起きれば尚更《なおさら》だ」

王宮の森の奥深くに作られた円形の舞台。デューカが執心する魔物が舞台上に現れたあの日、舞台をぐるりと取り囲む観客席は招待された貴族たちで埋め尽くされていた。

どれだけデューカが箝口令を敷こうと、暇《ひま》を持て余し、魔物と呼ばれるものや異形《いぎょう》の人間や動物を観ることに楽しみを見出《みいだ》している者たちだ。ついに本物の魔物をその目で観たとなれば、噂《うわさ》好きの彼らが黙っていられるはずがないことは容易に想像ができた。

ラルフが魔物の力を前に倒れたことも彼らの間でもの笑いの種になっているのかと思うと、屈辱《くつじょく》で腸《はらわた》が煮えくり返りそうだ。

「うん、まあおおよその事情は把握《はあく》したから、こっちもカルガノ局長によく相談してみる。他になにか手伝えることは?」

リュウの言葉に、サリは荷を作る手を初めて止めて顔を上げた。口元に小さく笑みを浮かべて男を見つめると、ゆっくり首を横に振る。

「その気持ちだけで十分だ、リュウ。妙なことに巻き込んで本当にすまない。今はとにかく、あの子が落ち着ける場所へ連れて行ってやりたい。幸いあの子は耳がいい。少し酷《こく》だが、追っ手をやり過ごすことくらいはできるだろうから」

サリの表情は穏やかで、いつも硬い声音さえどこか和《やわ》らいで聞こえて、リュウに対する信頼が窺える。

この家に来てから、ラルフはサリの知らない顔ばかりを見せられている。

「分かった。ただ、なにか困ったことがあればいつでも呼んでくれ。どんな些細《ささい》なことでもいいから。俺だって、あの子の助けになりたいんだ。俺たちの仲間だろ」

分かったと頷くサリに、リュウは懐から小袋を取り出すと無造作にサリに手渡した。ちゃり、と袋の中で音がして、お金が入っているのだと分かる。

「少ししか入ってないけど、あって困るものでもないだろ。持って行ってくれ」

「ありがとう」

断るかと思ったのに、サリが素直にその金を受け取ったのでラルフは意外に思った。顔に出ていたのだろう。

「急なことで、手持ちが少ないんだ。エトにあまり苦しい思いはさせたくないからね」

ラルフの視線に気づいたサリはそう言って、大事そうにリュウから受け取った金を腰巻きに収めた。

確かに、これからの逃亡に金は必要だ。

サリの家を訪ねる前にはこんなことになるとは思ってもいなかったから、ラルフとて大した額は持ち歩いていない。

サリがエトを連れて行こうとしている場所までどれほどかかるのかも聞いていない。今から身一つで出発するのだから、道中で着替えも調達しなければならないだろう。宿や食事のことなども考えれば、たちまち手持ちが不安になった。

そっと自身の財布の中身を確かめようとしたラルフに、リュウが振り返り声を掛けた。

「悪いけど、お前の金も貸してくれないか。後ですぐに俺が返すから」

「なにを言っている。俺も行くんだから貸す必要はない」

どうやらリュウは、サリが一人でエトを連れて逃げると思っているらしい。

むっとして言い返せば、赤毛の男は目を丸くして見せた。

「お前も一緒に？　なんで」

「なんでって……」

魔物によってサリと入れ替えられてしまった力を取り戻すためには、エトの協力が不可欠だからだ。万が一自身の力を取り戻す前にエトがデューカに捕らえられでもしたら、一生ラルフの力は戻ってこないかもしれない。

なんとしてもデューカの追っ手から逃げ切り、今は諸事情《しょ》によりひどく怖がられているらしいエトの信頼を勝ち取って、元の力を戻すようあの魔物に願って貰《もら》わなければならないのだ。

リュウはラルフとサリが魔物に力を奪われたことは知っているらしいが、互いの力が入れ替わったことまでは知らないようだった。

これ以上余計なことは知られたくないし、子供に縋《すが》らなければならない現状を細々とリュウに説明したくもなかった。

口ごもったラルフに、リュウは体ごと向き直った。妙に真剣な顔をしてラルフを見る。

「いつものお前ならともかく、今のお前がサリについて行って一体なにができるって言うんだ。それなら、まだ俺が一緒に行った方が手助けできる」

「なんだと」

真っ直ぐな目で言われて、ラルフの眉がぴくりと動いた。

「お前、さっきサリに今すぐここを出ろと叫んでたよな。でかい声で、扉の外まで聞こえてた。それは子供を守るためなんだよな」

静かな、しかし有無《うむ》を言わせぬリュウの雰囲気にラルフはそうだと頷いてみせた。

己《おのれ》の利害が絡んでいるとは言え、子供を守るという気持ちに嘘はない。

途端、リュウはからっとした笑顔になった。

「それなら、サリの足を引っ張るような真似はしたくねーよな。俺と一緒にカルガノ局長のところへ行って、こっちでデューカ様の足止めする方法を考えようぜ」

な、と親しげに肩に置かれかけた手を、ラルフははね除《の》けた。

「俺が、サリの足手まといになるとでも言うつもりか！」

怒りのあまり、握り締めた拳《こぶし》が震えるのが分かる。未《いま》だかつてこんな侮辱《ぶじょく》を受けたことはない。

ぎりぎりとリュウを睨《にら》みつけるが、男はそんなラルフを見返して、そうだ、と静かに告げた。

「足手まといになるんだよ」

「なっ……」

あまりにはっきりと言い切られて、ラルフは言葉を失う。

リュウは後ろ頭をがりがりと掻《か》いて、落ち着けよと言った。

「認めたくないかもしれねーけど、現実を見ろ。今のお前に魔法の力は使えない。それで道中どうやってサリたちを守るんだ？　魔法を使わずに追っ手から逃げ切るだけの知識と経験があるっていうなら話は別だぜ」

諭《さと》すようなリュウの言葉に、ラルフは奥歯を噛んで視線を床に落とした。

物心ついた時には、魔法はもうラルフの一部だったのだ。魔法を使わず過ごす日常の不便さはたった数日で思い知っている。

今のラルフには敵の目を眩《くら》ませる魔法も、身を守る魔法も使えない。それはリュウの言うとおり、ただの事実だった。

だが、ラルフの力はこの世界から消えて無くなってしまったわけではない。ラルフ自身にもなんの力もないわけではない。

　無言のラルフが落ち込んだと思ったのか、リュウの声音が少しだけ柔らかくなる。

「まあ、力がないのはサリも同じだけどな、少なくとも仲間である子供の声を聞いてやることはできるし、どんな精霊の声を拾えばいいのか教えてやることもできる。人から逃げる知識だって、お前よりはサリと、一緒に行く子供の方があるだろ。大体、お前は存在が目立つからな。人目を避けて逃げるのには向かねーよ。だから俺と一緒にここで」

「力なら、ある」

　リュウの言葉を遮《さえぎ》り、ラルフはゆらりと顔を上げた。

　リュウの向こうに、強張《こわば》った表情のサリの姿が見えた。

　俺が、足手まといだと？

　公安魔法使い家系の名門アシュリー家に生まれてこの方、ラルフが人に後《おく》れを取ったことなど一度もない。

　親族一同に優秀な魔法使いがひしめくアシュリー家においても、強大な魔法の力を持つ者と称され、何れ《いず》は一族を率《ひき》いるため、また公安魔法使いとして国家と民を守護するための努力と研鑽《けんさん》を重ねてきた。

「ラルフ、落ち着け。私からリュウに説明を……！」

　何かを察したらしいサリが声を上げたが、もはやラルフの耳には届いていない。

たとえ魔法の力を失おうとも、ラルフは自身を足手まといだと他人に評されることに我慢がならなかった。

自分の力も、ラルフを苦しめるばかりの忌々《いまいま》しいサリの力も、すべてここにあるというのに。

「力ならある！　俺の力はサリの中に、サリの力は俺の中に！　あの魔物が、俺とサリの力を入れ替えたんだ。俺が足手まといだと？　俺はサリの力のせいで、精霊とやらの発する音が四六時中気が狂いそうなほど聞こえているんだぞ。奴《ヤツ》らの声を聞いて、追っ手を探ればいいんだろう。俺には造作もないことだ！　二度と、俺を足手まといなどと言うな」

肩で息をして言い切ったラルフの前で、リュウがぽかんと口を開けた。


むっつりと押し黙ったまま、ラルフは手綱《たづな》を握り、馬車を急がせている。

吹く風からすっかり潮の香りが消えて、それが海辺にある王都ザイルから完全に離れたことを教えている。

向かう先は、王都から東に半日ほど走った先にある小都市カロンだった。

そこで本格的に旅支度を調《ととの》える必要があるから、とサリが言った。人が多い場所の方が、かえって人目を避けやすいとも。

規則正しい馬蹄《ばてい》の音とガラガラと響く車輪の音。サリの家を離れるや、途端に大きくなった精霊たちの発する雑音。

無心に手綱を握っていれば、頭も冷える。

時間が経《た》てば経つほど、一時的な怒りで頭に血が上《のぼ》り愚《おろ》かな真似をした自分が許せなくなり、わけもなく叫びたい衝動に駆られた。

ちらと背後を窺えば、大人ひとりがやっと座れるような小さな荷台に、サリが羽織ったマントごとエトをしっかりと抱きかかえて座っている。

サリに抱きついているエトはその後ろ姿しか見えないが、サリの肩に小さな顎《あご》を乗せて、背後を一心に見つめているのが分かった。不揃《ふぞろ》いに切られた栗色《くりいろ》の髪が、風に煽《あお》られてゆらゆらと揺れている。

リュウに言われたことを守ろうとしているのだろうか。

ぎりと苛立《いらだ》ちがわき、ラルフは視線を前方に戻した。が、サリは気づいていたらしい。

「ラルフ、リュウの言ったことは気にするな」

「気にしてなどいない」

即答してしまい、それがかえって肯定《こうてい》しているように聞こえる。

実際、サリの家を出るまでのリュウとのやりとりがラルフの腹の中でもやもやとくすぶり続けている。

サリと自分の力が入れ替わっているのだと告げたあの時、リュウはサリの方を向いて、本当かと事実を確かめたのだ。

サリが頷いた途端、赤毛の男は目を丸くして、それから喜色満面の笑みを浮かべて叫んだ。

予期せぬ反応にラルフはうろたえた。

『サリ、よかったな！　ラルフ、お前も、力なくなってなかったんじゃねーか。そうか、入れ替わってたのか。全然気づかなかった』

ばしりとラルフの肩を叩き、サリの元へ駆け寄ると両手を握ってぶんぶんと振り回し、まるで自分のことのように騒いでいる。

『じゃあ、サリは今魔法が使えるんだな。魔法を使うってどんな感じなんだ。ラルフ、お前は精霊の声が聞こえてるのか！　びっくりしただろ？　世界にこんなにもいろんな声が溢《あふ》れてるなんて。サリの力ってことは、俺よりもっとずっとたくさん聞こえてるんだよな。羨《うらや》ましいぜ。まったく、そんなことになってるならもっと早く言えよ！』

あまりのリュウの喜びように、一瞬だけ、確かに自分の力が消えていなくてよかった、という気持ちになりかけたラルフだ。

いや、力が入れ替わっているのだから、なにひとつ良いことなどないと頭を振る。他人事《ひとごと》だからあんなに呑気《のんき》なことが言えるのだ。

『リュウ、あの、今まで黙っていてすまなかった。自分たちでもなにが起きているのかよく分かっていなかったから。それに、私には魔法はうまく使えないんだ。一度だけそういう機会があったが、びっくりしてなにをどうしたかよく覚えていない。ここになにか力があるのは感じているんだが、ラルフのように使ったりはできない』

サリは苦笑しながらも、自分の腹の辺りを押さえてリュウに示している。

うまく使えないと言うということは、魔法の力を使ってみようと試したのか。

けれど使えないのは無理もない。魔法使いの子供たちは魔法の力の制御《せいぎょ》と使い方を幼少期から学ぶのだ。中でもラルフの力は強大だ。

たまたま力を手に入れたサリに、あっさりと使いこなせるはずがない。

その事実に、ラルフは密《ひそ》かに安堵《あんど》した。

新しい力に対応できないのは、自分だけではない。

『そうなのか。でも、まったく使えないわけじゃねーんだろ。自分の中にある力のこと、詳《くわ》しく知っといた方がいいだろうし。ラルフに教えてもらえよ』

『あ、ああ……そうだな』

使えるものはなんでも使えと勝手なことをサリに提案したリュウは、最後に再びラルフに向き直った。邪気のない笑顔に、ラルフは内心後ずさりする。

『ラルフ、事情も知らずに悪かったな。お前にサリの耳があるならかなり安心だ。で、今どの程度聞こえてるんだ?』

『どの程度って……勝手にあらゆる音が聞こえてくるんだ。そもそもの基準が分からん』

嘘は吐《つ》いていない。

『おお、さすがだな。じゃあ、距離感は？』

『距離感？』

ラルフが怪訝《けげん》な顔をすると、リュウは嬉しそうに頷いた。

『物の音も人の声も近いと大きく、遠いと小さく聞こえるだろ。精霊の発する音の大小で自分との距離が測れると便利だぜ。よし、ちょっと耳澄ませて、今聞こえる範囲で一番遠いと思う水の声を拾ってみてくれ。その水との距離を教えてやるから、今後の参考にしてくれ』

『ち、ちょっと待て。いきなりそんなことを言われても……』

さあ、と琥珀色《こはくいろ》の瞳を輝かせるリュウを前に、ラルフにできることなどなにひとつなかった。

サリの力によって四六時中ラルフを苛《さいな》む数多《あまた》の音が火の精霊によるものか水の精霊によるものか、はたまた風か土かなどと知ったことではない。そもそも精霊たちは意味の無い騒音を撒《ま》き散《ち》らすばかりではないか。

だが盛大に啖呵《たんか》を切った手前、今更〝声〟はひとつも聞こえていないなどと言えるはずもない。

駄目元で耳を澄ませるや、耳元でつんざくような叫び声や笑い声が響き渡り、あまりの衝撃にラルフは床に膝をつく羽目になった。

精霊の声の聞き分け以前の状況にあると、身をもって皆に知らせたのである。

リュウはたちまち目を細めて、

『くだらねえ見栄張ってる場合か』

と毒づいた。だがその後すぐに、

『目を閉じて深呼吸しろ。自分の心音に集中するんだ。サリの耳が良すぎるから、混乱してるんだな』

とラルフを労《いたわ》ってみせる。嫌味な男だ。

屈辱に体が震えたが、自業自得だということも痛いほど自覚している。ラルフは己《おのれ》への羞《しゅう》恥《ち》で言葉もなかった。

それでも、サリとラルフの力が入れ替わっていることを知った後では、リュウはもはやラルフにこちらに残れとは言わなかった。

そうしていよいよ準備が整い、サリがエトを連れてきた時のことだ。

馬車の用意をしていたリュウがごく自然にエトに近寄っていった。見知らぬ男の存在に、エトは当然体を強張らせてサリの上衣の裾《すそ》を握り締める。

自分同様に恐れられている様を見て、ラルフは内心、ざまあみろと思った。

だがリュウは人好きのする笑みを浮かべ、少女の目線に合わせてその場にしゃがみ込んだ。

『エトって言うんだって？　初めまして。俺はリュウ。サリの友達だ』

エトは名を呼ばれてびくりとし、サリの後ろに隠れようとする。

『急に話しかけられたらびっくりするよな。ごめんな。さっき水たちがエトのこと心配してたから、俺も心配になったんだ。泣かないでって大騒ぎしてたの、エトにも聞こえてただろ?』

そろりと、小さなエトの目が驚いたようにリュウを見た。

『そうだ。俺もエトと同じ。あ、同じと言っても俺が聞こえるのは残念ながら水の声だけなんだけどな。彼らの声が聞こえる、エトの仲間だ』

人に怯《おび》えまくっている少女だ。そう簡単になつくものかとラルフは思ったが、エトはいつの間にかサリの後ろからすっかり顔を覗かせてリュウを窺っている。リュウは目元にくしゃりと皺《しわ》を寄せたままエトを見つめて話し続けた。

『今日は夕方から雨になるみたいだな。遠くから雨雲がやってくるのが聞こえる。随分強い雨になりそうだけど、彼らの歌声がどっちから聞こえるか分かるか?』

エトは無言で、西の空を指差した。ラルフもそちらを見るが、西の空は晴れており雨雲どころか、白い雲の影すらない。

リュウが笑みを深くして頷く。

『すごく耳が良いな。エトのお陰で正確な予報を出すことができそうだ。皆が濡れずに済むぞ。ありがとな』

リュウに礼を言われると、エトはそわと肩をすぼめて落ち着かない様子を見せた。

そして、エト、ともう一度リュウに呼ばれると今度は真っ直ぐ男の顔を見た。茶色の瞳に怯えの色はほとんどなく、そのことにラルフは驚く。

『エト、お前は魔物なんかじゃない。俺もサリも、ラルフだってちゃんと分かってるから、どうかこの先、サリたちを手伝ってやってくれよな』

少女は困ったように首を傾《かし》げた。

『サリもラルフも、今はうまく精霊の声を聞くことができない。だからどんな小さなことでもいい。気になる声を聞いたら、サリに話して欲しいんだ。俺たちの中で、誰よりも耳の良いエトにお願いしたい。いいか？』

エトは自分を真正面から見つめる男の目をじっと覗き込むようにしていたが、やがて隣に立つサリを見上げると、こっくりと頷いて見せたのだった。

じゃあなと手を振るリュウにエトはぎこちなく自分の胸の辺りまで手を掲《あ》げることすらしてみせたというのに、ラルフが荷台に乗せるため抱き上げてやろうと近づけば、全力でサリにしがみついて拒否された。

子供は好きでも嫌いでもないが、公安魔法使いであるラルフが、子供にこうまで拒絶されたことはない。

面白《おもしろ》くない、のと同時に堪《こた》えた。

それほどまでにラルフのしたことが少女にとって恐怖を与えたのだと、今更痛感させられる。

お前は自分のしたことを本当に理解しているのか、と呆《あき》れていたサリと魔物の様子を思い出す。今やこんなにも自分に恐怖心を抱《いだ》いているエトの信頼をどうやって勝ち得たらいいのか、ラルフには見当もつかない。

おまけに、

『サリの中にお前の力があるって言うから一緒に行くのは止めねーけど、現状お前が足手まといなのはただの事実だからな。サリの言うことちゃんと聞いて、無茶だけはするなよ』

御者台に掛けいよいよ出発しようとしたラルフに、最後にそう言ったリュウの言葉が頭から離れない。

「あんたがデューカのことを知らせてくれたから、後手に回らずこうして逃げ出すことができたんだ。それだけで十分だ」

黙り込んだラルフにサリが声を掛けてくれるが、つまり、現状それしかできていないということだ。

「……どうしたら、〝声〟が聞こえるようになる」

問えば、サリが苦笑したのが分かった。

「だから気にするなと言ってる。突然世界の音が増えたんだ。音酔《おとよ》いするあんたの状態は普通だ。そのうち耳が慣れて、あんたが彼らの声を聞きたいと思った時に自然に聞こえるようになる。むしろ今まで精霊たちの声とは無縁だったのに、たった数日で音酔いを抑えられるようになったんだ。十分すごいと思う」

サリがお愛想を言うことはない。つまり本当にそう思っているということだ。だがラルフが今求めているのはそんな言葉ではない。

「そのうちとはいつだ。〝声〟はどんな風に聞こえる。人の声のように聞こえるのか。どうしたら早く慣れる」

「だから焦《あせ》るなと言っている。今は音酔いしないだけで十分だ。耳が精霊の声に慣れたら、自然に聞こえるようになるから心配するな。馬を交代で駆れるだけでありがたいんだ」

サリの呑気な物言いに、ラルフは苛々としてしまう。

公安魔法使いとして王都守護の任にあった自分が、御者としての役目しかないなどあってはならないことだし、精霊使いであるサリに行動の主導権を握られていると感じるのも癪《しゃく》に障《さわ》る。互いの力が入れ替わったせいで、立場まで逆転したというのか。そんなこと、あってはならない。

公安魔法使いとして、精霊使いの力をうまく使い人々を守る、という本来の姿を早く取り戻さなければならない。

だが、今すぐラルフにできることと言えば、サリの力を使いこなすことのみ。忌々《いまいま》しい音を出す精霊どもの〝声〟を聞き取ることしかない。

耳が自然に慣れるまで、など待っていられない。負荷をかけ、強制的に慣らしていくしかないだろう。魔法の技とて、大きな力を使うためには自身に負荷をかけ、巨大な力を操るに耐える体を作っていくのだ。それと同じことだ。

ならば少しくらい試してみるかと、周囲に障害物のない長い直線の道に出た際、ラルフは精霊たちの〝音〟を聞こうと耳を澄ましかけた。が、

「やめて！」

突如《とつじょ》、幼い声が響いた。

自分のしようとしたことに気づいたのかと焦って背後を振り返れば、エトがサリの膝の上に立ち上がり空に向かって叫んでいる。

小さな右手に握り締められている木の枝は、サリの家の前にあったクスノキから折り取られたものだ。どんな意味があるのか。気持ちが落ち着くからとサリが子供に手渡していた。

「いわないで。だれにもいわないで」

馬車に乗ってから一言も声を発していなかったエトが、空に向かって必死に叫んでいる。

「エト、どうした。なにが聞こえた？」

サリが宥《なだ》めようとするが、エトはぐっと空に顔を向けて叫び続ける。

「シロはいない。ここにはいないから。だからだれにもいわないで」

ごっと風が吹き、ラルフたちを嬲《なぶ》っていく。蜂《はち》の大群が飛ぶ羽音のような音がラルフを包み込み目眩《めまい》を覚えるが、〝声〟などどこからも聞こえはしない。

だが、エトにははっきりと聞こえているのだろう。〝声〟に向かって叫び続けるのに夢中で、いつの間にか、ひたすら背を向けていたラルフの方に体を向けていることにさえ気づいていない。

「おねがい。シロはここにはいないの」

「おいエト、一体なにが聞こえているんだ！　奴らはなんと言っている」

思わず後ろを振り返って問えば、小さな体はたちまち硬直して、すぐ目の前にいるラルフに青ざめ、くるりと踵《きびす》を返すとサリにしがみついた。しまったと思うが、エトはもうラルフの方を振り返らない。

「ラルフ、とにかく馬を急がせてくれ。エト、誰かが白銀《しろがね》を探しているんだね。風たちはほかになにを言っていた？」

サリの声は聞こえるが、小さな声でサリの耳に口を押し当てるようにして喋《しゃべ》っているらしいエトの声は聞こえてこない。

「サリ」

自分にも子供がなにを聞いたのか教えてくれ。そう思って名を呼べば、ああ、とサリの声が返ってきた。

「誰かが追ってきている様子はなさそうだ。ただ、魔物の行方《ゆくえ》を尋ねている精霊使いがいるみたいだな。デューカは精霊使いも私的に雇《やと》っているのか？」

「恐らく」

精霊や魔物に目のないデューカが、彼らに近い位置にいる精霊使いを傍《そば》に置いていない理由がない。

そうか、と呟いたきり黙っていたサリだが、しばらくして硬い声でラルフを呼んだ。

「ラルフ、あんた時々他の魔法使いの居場所を探っていただろう。あれはどうやるんだ。あんたの魔法の使い方を教えてくれ」

「は？　お前いきなりなに言って」

振り返れば、真剣な顔をしてこちらを見るサリと目が合った。

サリは冗談を言う人間ではない。

「追っ手の場所を把握《はあく》しておきたいんだ。あっちには魔法使いも精霊使いもいるんだろう。リュウの言うとおり、今は、使える力はなんでも使うべきだ。一度は使えたんだから、私にも魔法が使える可能性はあるということだろう。教えてくれ、ラルフ」

「駄目だ」

「ラルフ！」

咎《とが》めるような声に、ラルフは先程リュウにさんざん言われた意趣返しのように、落ち着けとサリに告げた。

魔法に関しては、ラルフの領域だ。

「魔法を使えば、その力の痕跡《こんせき》を辿《たど》られてたちまち居所が知れるぞ」

肩越しに後ろを窺えば、サリは眉間《みけん》に皺を寄せている。

「だがあんたはよくその技を使っていただろ。相手に気づかれることなく」

「それは俺が優秀な魔法使いだからだ。それに力の及ぶ範囲は、魔法使いの力量でも変わる」

とはいえどれほど強大な力を持つ魔法使いであっても、国全部に及ぶ力は持たない。

魔法使いとして最高峰《さいこうほう》の力量を持つとされる王都守護の任に就く魔法使いは六名。守護する範囲は六区画に分かれている。つまり、その区画内が魔法使いたちの力が十二分に及ぶ範囲ということだ。もう少し無理をすれば二区画程度の魔法の痕跡を追うことができるくらいで。

「昼間、お前の家を監視していた程度の魔法使いにならば気づかれないかもしれないが、デューカ様側近の魔法使いの力がどの程度のものか俺は知らん。公安課から引き抜いた者や力のある自由魔法使いを雇っているとも聞く」

魔法の力を持ちながら、国の機関に所属しない魔法使いは一定数おり、これらは自由魔法使いと呼ばれている。国家に縛《しば》られることを嫌う彼らの中には、公安魔法使いに匹敵する力を持つ魔法使いもいるのだとか。

「完全に奴らから距離を取ったと分かるまで魔法は決して使うな。試しもするな」

「分かった」

即座に、サリは納得したようだった。

「安全な場所に着いたら教えてくれ」

が、諦《あきら》めたわけではないらしい。

「エトだけに頼るわけにはいかないし、私はもう既に一度魔法を使っているだろう？　たぶん、あんたの耳が慣れるよりは早く魔法を使うことができるんじゃないか。そうしたらエトやあんたを守って」

「なにを自惚《うぬぼ》れたことを」

思わず、ラルフは馬車を止めてサリを振り返った。サリは驚いたようにこちらを見る。

「お前の中にあるのは俺の力だ。そう簡単に使いこなせるものか」

「ラルフ、私は別にあんたの力を軽んじるつもりは」

サリが弁解するように言ったが、今のラルフにそれを聞き入れられる心の余裕はなかった。十分に軽んじている。

自分のものではない力に、自分の方がラルフよりも早く馴染むことができるとサリは言ったのだ。馬鹿にするにもほどがある。

ラルフはサリの力にさんざん苦しめられているというのに、サリがラルフの力になんの影響も受けていないように見えるのも腹が立つ。

ラルフは込み上げる怒りを抑えようと拳《こぶし》を握り締めた。

「そもそも、お前に守られるほど俺は落ちぶれてはいない」

魔法の力を失い、手渡された王都守護解任の辞令。魔法が使えずとも、言うことを聞けば公安魔法使いの職責を解かずにおいてやると笑ったデューカの顔。現実を見ろ、とラルフを見つめるリュウの目。

力を失うということは、自身の居場所を失うということだ。

「耳が慣れるまで待て？　そんな悠長《ゆうちょう》なことを言っている暇《ひま》があるのか。お前にできることが俺にできぬはずがないだろう」

（俺は、足手まといになどならない）

「ラルフ、あんたなにをムキになっている。急には無理だと言っているだけだ。無茶は止《や》めろ。また音酔いを起こすぞ」

「うるさい。今すぐ風の〝声〟とやらを聞いてやる。おいお前たち、デューカの追っ手はどこにいる。答えろ！」

御者台に立ち、ラルフは空に向かって吠《ほ》えた。

「馬鹿、そんな聞き方があるか！」

サリの慌てたような声がしたが、構うものか。挑《いど》むような気持ちで空を睨みつける。

世界がしんと静寂に包まれたような気がしたのは一瞬だった。

次の瞬間、先程感じた蜂の大群の羽音。世界中がそれで埋め尽くされたのではないかと思うほどの轟音《ごうおん》が直接耳に送り込まれ、ぐわんと脳が揺れた。

ゆっくりと世界が暗転する中で、地を這《は》うような低い声が、それだけ、はっきりと聞こえた。

——この能無しの足手まといが！

嫌だ。俺はそんなものにはなりたくない。

4

次に目覚めた時、ラルフはひとり、見知らぬ部屋のベッドの上にいた。

薄い敷布のせいで体の節々が痛み、体に掛けられていた毛布は質が悪く、ごわごわとしている。天井《てんじょう》は低く、周囲の土壁にはところどころ亀裂が走っており、日の入ってくる窓には色《いろ》褪《あ》せた薄黄色のカーテンがはためいている。

随分《ずいぶん》と古びた部屋だ。

(ここはどこだ)

慌てて身を起こすと、耳元でぶんと羽音がしたような気がして背筋が凍り、ラルフは咄嗟《とっさ》に己《おのれ》の両耳に手を宛《あ》がった。強烈に脳が揺れたあの感覚を、もう二度と味わいたくない。

きゃきゃきゃきゃきゃと甲高《かんだか》い獣《けもの》の鳴き声のようなものが自分を取り巻いて、それがまた脳を揺らすのではと身を硬くして警戒していると、人の足音が近づいてくるのが聞こえた。

(サリか)

「おお、あんた気がついたのか。気分はどうだ。顔色は悪くないいな」

大きな声で無遠慮《ぶえんりょ》に入ってきたのは腹のでっぷりとした赤ら顔の初老の男で、ラルフの顔をじろじろと見たかと思えば、いきなり顔に触れてこようとする。

「なにをする。お前は何者だ」

思わずベッドから飛び降りて距離をとったが、急に動いたせいか立《た》ち眩《くら》みがして、ラルフはその場に膝をついた。

「俺は医者だ。急に動く奴《ヤツ》があるか。お前は丸一日意識がなかったんだぞ。もう少しおとなしくしてろ」

男はこめかみを押さえるラルフに近づいて腕をとると、見かけによらぬ力強さでラルフをベッドに引き上げた。

「医者？」

下町の居酒屋で昼間から飲んでいそうなこの男が？

信じられない思いでそう口にするが、はたと、もっと信じ難《がた》いことに思い当たる。

「もしかして、ここは病院か」

こんな小汚《こぎたな》い場所がまさかと目を剝《む》くラルフに、男はふんと鼻を鳴らした。

「そうだ。お前さんが道端でぶっ倒れていたところを、通りすがりの親切な娘さんがわざわざここへ運んでくれたんだ。目が覚めるまであんたをここに置いてやってくれと、金まで払っていったぞ。感謝するんだな。腹が減っているだろう。パンと水しかないが持ってきてやる。それまでおとなしくしていろよ」

踵《きびす》を返そうとした医者をラルフは咄嗟に引き留めた。

〝通りすがりの親切な娘〟は、どう考えてもサリの他にはいない。

他人のふりをして金を払っていったとはどういうことだ。

さっきこの医者は、ラルフが丸一日眠っていたと言ってはいなかったか。

寝起きの頭は冷水をかけられたように冷えていく。

まさか、自分は置いて行かれたのだろうか。

「ここはどこだ。その娘はどこへ行った？」

「おいおい。急に血相変えてどうした。物取りにでもあったってのか？　まさかあの娘さんを疑ってるんじゃないだろうな。あの娘さんはそんなことをするような類《たぐ》いの人間じゃない。小さな妹さんを連れて、親の墓参りにいく途中だと言っていた。あんたを置いてすぐに出て行ったが、あんたの荷が馬車の荷台に落ちていたと届けにきてくれたんだ。ほれ、枕元にある守り袋、あんたのなんだろう」

「守り袋？」

そんなもの、ラルフは持っていない。

だが医者に示された枕元を振り返れば、確かに草色の小袋が置いてある。ラルフの手のひらに収まるほどの大きさで、手に取ると固い感触がする。

医者が食事を取ってくると部屋を出たのを確かめてから、ラルフは急いで袋を開けた。逆さにすると、出てきたのは楕円形《だえんけい》の美しい水色の石と、小さく折り畳《たた》まれた紙片だった。石には黒い紐《ひも》が通されている。

明らかに自分のものではない石を見つめてラルフは眉を顰《ひそ》め、折り畳まれた紙片を開いてみた。

――エソラの三角屋根で二日待つ。〝声〟が辛《つら》い時は石の声に耳を澄ませろ。命じては駄目だ。彼らは皆我々より年長者だと思って接して欲しい。

女性にしては強い線で書かれた筆跡は、サリのものだった。

三角屋根がなにを指すのかは不明だが、エソラはカロンの少し先にある街の名だ。倒れたままのラルフを連れて移動するのは危険だと判断したのだろう。

サリが自分を置いていったわけではないと知り、ラルフの肩から力が抜けた。

手のひらを広げて、渡された水色の石を見つめる。綺麗に磨《みが》かれて艶《つや》やかな光沢《こうたく》を放つそれは、女性の好みそうな石だ。ラルフの趣味ではない。サリの趣味でもなさそうだが、と、かの精霊使いがなんの飾り気もない真っ黒な石を手首に巻いていたのを思い出す。

石の声に耳を澄ませろ、などとサリに目の前で言われたら、そんな馬鹿な真似ができるかとラルフは取り合わなかっただろう。

だが、今はひとり。

目覚めた時から、〃音〃は相変わらずラルフの耳元でずっと響き続けている。そしてこの音が、凄《すさ》まじい力を持ち襲いかかってくることをラルフは身をもって知ったばかりだった。

胡散臭《うさんくさ》そうに手のひらで石を転がした後、ラルフは無言で石を右耳に押し当てた。

特になんの音もしないことを確かめてから、恐る恐る耳を澄ませてみる。

（……なにも聞こえない）

石は、静かだった。

そんなことは当たり前なのに、ラルフはその静けさに何故《なぜ》かほっとして目を閉じた。石に耳を澄まし続けてみる。次第に、ラルフの周りから音が遠ざかっていった。

あの時、ラルフを取り巻いた音から感じたのは怒りだった。蜂《はち》の羽音に似た、低く重い、耳の奥底にまとわりつく音の塊《かたまり》。ラルフの放った言葉に反応し、即座に、爆発的に膨《ふく》れあがった何ものかの感情。

あの瞬間込み上げた恐怖を、忘れることはないだろう。

だがサリは何故この石をラルフに与えたのだろう。

デューカの追っ手から少しでも遠くへ、早く逃げなければならないというのに、ラルフが愚《おろ》かな真似をしたせいで、サリの予定は大幅《おおはば》に狂ったはずだ。

反対の立場なら、ラルフは次の行き先さえ告げずにサリを置き去りにしただろう。病院に運ぶことすらしなかったかもしれない。

だが待つ、とサリは書いてよこした。

未知の音に苛立《いらだ》つラルフに、この石を託《たく》して。

そこに込められた意味に、ラルフはやっと気づいた。

サリは最初から、ラルフを〝足手まとい〟にする気がないのだ。

(変な奴だな)

普通ではないと、前から思ってはいたけれど。

ラルフに対するサリの態度は、力を失う前と少しも変わらない。

その事実と石の奥に広がる静寂が、ラルフの胸に燻《くすぶ》っていた焦燥《しょうそう》や不安を淡々と宥《なだ》めていく。

再び誰かの足音が近づいてくるのが聞こえて、ラルフは目を開けた。

風をはらんで揺れるカーテンが視界に入る。

――彼らは皆我々より年長者だと思って。

サリの助言が脳裏《のうり》を過《よ》ぎり、ラルフは少しの躊躇《ためら》いの後小さく呟いた。

「未熟さから暴言を吐《は》いた。謝罪する」

くすくすとどこかから子供の笑い声のようなものが聞こえたのは気のせいだったのだろうか。

一際《ひときわ》強い風が部屋に吹き込み、ラルフの髪を掻《か》き回《まわ》していった。

サリに追いついたら、まず最初になにを言うべきか。

カロンからエソラまで、手持ちが少ないために馬を借りることもできず、半日掛けて歩く間、ラルフはそのことについてひたすら考えていたはずだった。

サリに頭を下げるのは、正直、これまでの関係性もあり非常に抵抗がある。自身の行いが迷惑をかけたことは事実であり、常識的に考えて謝罪をすべきということは頭では分かっているのだが、想像するだけでも面白《おもしろ》くない気持ちになるのに、サリを前にして素直に謝罪の言葉が出てくる気がしない。

では、ラルフに静寂をもたらし、徒歩で行く道中もこれまでとは比べものにならぬほどの快適さを提供してくれた水色の石の礼を言うのはどうだろう。

これへの礼を篤《あつ》く言えば、同時に謝罪も兼ねることになるのではないか。

否《いな》、謝罪のひとつも満足にできないなど、公安魔法使いの名が廃《すた》る。

結局明確に結論の出ぬまま、日が沈《しず》む頃にエソラに到着したが、問題はそこからだった。

サリは三角屋根で待つと書いていたが、単純に宿屋の名前だろうとラルフは検討《けんとう》をつけていた。大して大きな街でもなし、すぐに見つかるだろうと考えていたのだが。

街に入った途端、「赤い三角屋根」、「青の三角屋根」、「三角屋根のお家」、などという看板が次々と目に入り、ラルフは嫌な予感に眉を顰めた。

平静を装い「三角屋根の団子」とのれんのかかる、屋根のない屋台の店主に尋ねてみれば、エソラでは大昔、大飢饉《だいききん》の際に街を救った聖者が立派な三角屋根の家に住んでいたとかで、エソラの民は皆、三角屋根に特別な思い入れがあるのだという。実際には三角屋根ではない建物がほとんどで、名前だけでも聖者の加護に与《あずか》りたいと考えてのことだ、とからりと笑われた。

その後エソラの通りを端から歩いて行くと、三角屋根と名のつく店や宿が次から次へと見つかり、十軒目の食堂に入った時点でラルフの心からサリに謝罪する気持ちが消え、二十軒目の宿屋に足を踏み入れた時には、石の礼を言う気持ちも忘れていた。

今まで、ラルフにこんな真似をさせた者はいない。

何軒目の三角屋根かを数えるのも止《や》めた頃、街の裏通りに見落としてしまいそうな看板の出ている宿を見つけた。「小さな三角屋根」と書かれているとおり、二階建てのこぢんまりとした宿だった。

食事と言えばカロンの病院を出る前に食べた固いパンと水だけで、後はひたすらこの街を目指して歩いてきたのだ。空腹と疲労で朦朧《もうろう》とした頭でラルフがその宿の前に立った時、計ったように扉が開いてサリが飛び出してきた。

「ラルフ、早かったな。体調は大丈夫なのか。よくここが分かったな」

目を丸くして言うサリがあまりにも普段通りだったので、ラルフは疲労と安堵《あんど》のあまり、気づけばサリを怒鳴りつけていた。

「お前、この街に〝三角屋根〟がどれだけあったと思っている！　探す間に夜が明けるかと思ったぞ」

サリはラルフの怒りに小さく肩を竦《すく》めたが、一度瞬《まばた》きをすると、呆《あき》れたように息を吐いた。

「分かりやすかったら逃げてる意味がないだろう。それに、一応こっちであんたを見つけるつもりでいたんだ。エトがあんたの石の声を覚えていたからね。あんたがこんなに早く追いつくとは思っていなかったんだ」

ラルフの首元に下げられた黒い紐を見ていたサリだったが、視線を上げてラルフの顔色を確かめ頷いた。

「まあ、それだけ元気ならあんたは大丈夫そうだな」

「どういう意味だ」

言外に含まれた意味を問えば、サリは一度辺りを見回した後、ラルフに宿へ入るよう促《うなが》した。

薄暗い受付台にいた中年女性が、サリとラルフを認めて満面の笑みを浮かべる。

「ああ、用心棒が見つかったんだね。これで道中も安心だ」

ラルフが口を開く前に、サリが余計なことを言うなと視線だけで制す。黙って細い階段を早足に上り、扉が並んだ廊下を歩く。

「さっきのはなんだ」

階下に聞こえないところで不機嫌にラルフが問えば、サリはしれっと答えた。

「私とエトは姉妹で亡き母の墓参りにいく途中なんだが、治安の悪い地域を通るのにここで用心棒を探してから出発することになっている」

「俺がお前に雇われていると言うのか」

「これでもあんたが一番嫌がりそうにない設定にしたんだ。雇われ用心棒が嫌なら、三兄妹か、夫婦と子供だ。どれがいい」

「雇われ用心棒でいい」

即答すると、ほら見ろとばかりにサリは深く頷いた。

「それよりエトがやっと眠ったんだ。大声を出すなよ」

廊下の突き当たりの扉を開ければ、部屋には寝台がふたつ。そして奥の寝台に小さな影があった。窓辺から差す月明かりで、すうすうと寝息を立てて眠る少女の顔が見える。

出会ってからエトのこんなにあどけない表情を見るのは初めてで、ラルフの胸になにか言いようのない気持ちが広がる。

「あんたが風の精霊たちを怒らせただろう。すぐ傍《そば》にいたエトも影響を受けてね」

はっと、ラルフはサリを見た。

「倒れたのか」

爆音に脳が揺れるあの恐怖を、この小さな子供にも味わわせてしまったというのか。

「倒れはしなかったが、ひどく音酔《おとよ》いしていたし、しばらくの間、うまく耳が聞こえなくなって怯《おび》えていた」

サリはエトの傍にゆっくりと腰を下ろすと、月明かりに照らされた白い顔を覗き込むようにした。月に照らされて、サリの顔も部屋に仄白《ほのじろ》く浮かび上がる。いつもと変わらぬ無表情が、何故か柔らかく見える。

「……悪かった」

考えるよりも先に、言葉が出ていた。

サリはわずかに目を見開いた後、ちらとラルフの表情を確かめた。

「二度と、あんな真似はしないでくれ」

目つきこそ鋭かったが、低い声には、怒りよりも願いの感情が強く乗っているように聞こえた。

「悪かった」

もう一度ラルフが言葉を重ねれば、サリはもういいと首を横に振った。

「最初は、自分勝手にこの子を巻き込んだあんたに腹が立った。だけど、エトはあれで気持ちにも体力にも限界がきたんだろう。もうずっと長い間、緊張し続けていただろうから。ここに着いてから倒れるように眠ってる。だから、これはエトにとって必要な休息だったと思うことにした」

「そうか」

他に言うべき言葉が見つからず、ラルフはエトを見つめた。

横向きになって丸まっている小さな体。投げ出された腕にはまだ生々しい痣《あざ》が見える。デューカの〝鑑賞会〟で檻《おり》に入れられ、棒で小突かれていたことを思い出すが、あの時何もしなかった自分も思い出して目を逸《そ》らす。

小さな右手が葉のしおれたクスノキの枝を握っているのに気づいた。サリが家を出る時に持たせた枝だ。エトは、その枝に額を押しつけるようにして眠っている。

「あんなものを持ったままで、顔に傷でもついたらどうする」

サリは突然そんなことを言ったラルフを面白《おもしろ》そうに見上げた。

「あのクスノキはすごく良い音を奏《かな》でるんだ。家を出る時、少しは気持ちが落ち着くかと思って渡したら、随分気に入ってくれたようでね。枝を伐《き》ったばかりの頃はともかく、今はもうほとんど音色は聞こえないはずなんだが。持ってると安心するんだろう。あんたのその石みたいなもんだ」

サリがラルフの首元を指した。服に隠れているが、黒い紐の先にはサリが置いていった水色の石が下がっている。

「その石はエトが選んだんだ。今、私はなにも聞こえないからな。あんたが気を失った後、あの子も音酔いで辛そうだったから、あんたたちには静かな石が必要だと思って市場へ行った。そこでエトが選んだ石をあんたにもやっていいかと聞いたら、エトは直《す》ぐに頷いてくれた。役に立っているなら、後で礼を言ってやってやってくれ」

「……分かった」

窓辺に寄せてあった丸椅子に掛けながら、ラルフは打ちのめされたような気持ちになる。

ラルフはエトに、出会った時から恐怖ばかりをもたらしているのに、エトの選んだ水色の石は、ラルフに静けさと平穏をもたらしてくれた。

「エトは俺を憎《にく》んでいないのか？」

ラルフを助ける石を渡すのを、拒絶することだってできたはずだ。

ラルフの呟きに、サリは怪訝《けげん》な表情になった。ラルフがなにを言っているのか、よく分からないとでもいうような。

「怖がっているだけだ。あんただけじゃない。この子にとって人は皆恐ろしいものだ。エトの中にあるのは恐怖で、人への悪意じゃない」

言葉を失って、ラルフは無言のままエトを見つめた。

先程は気づかなかったが、言われてみればエトの細い首にも赤い紐がかかっており、襟首《えりくび》からは白い石が覗いている。

そのまま子供の寝顔を見るともなしに見ていると、なんの前触れもなく、エトの固く閉じられた瞳の縁《ふち》からするすると涙の筋が伝った。

「シロ」

闇《やみ》にひっそりと溶けてしまいそうな小さな声が、確かにそう呟いた。

ぎょっとしてエトの顔を覗き込むが、目覚めた様子はない。

「夢を見ているんだろう」

サリは慣れた様子で、エトの鼻筋に流れた涙をそっと拭《ぬぐ》っている。

この子供はおかしい、とラルフは思った。

夢に見るほど求めている相手を、己の恐怖心を押し殺し意思の力だけで拒絶する。呼べば、圧倒的な力で自分を守ってくれる存在だと知っているはずだ。それなのに、「魔物を捕らえに人がくる」という言葉ひとつで、エトは魔物を自分の傍から遠ざけた。

まだ親に甘えている年頃の子供が、尋常《じんじょう》な精神力でできることではない。

そんな子供に、ラルフはこれまで会ったことがない。

「サリ、あの魔物……お前がバクと呼んだあれは一体なんだ。どうしてエトが、こうまでしてあれを守ろうとする」

結局、魔物について、ラルフはサリからなにひとつまともな説明を受けていない。

今度こそ、説明してもらう。

強い意志を滲《にじ》ませて言えば、サリはエトの寝息を確かめるようにした後、エトを見つめたまま話し始めた。

「バクは、人の心に寄り添う生き物だ。遠い国では悪夢を食べるとも言われているらしい」

「悪夢？」

「ああ。あながち間違っちゃいない。人の孤独に添って、その孤独を食べてくれる優しい生き物だからね」

サリは、口の端で小さく笑ったように見えた。

「孤独を食べる？」

「言葉のあやだ。寂しい時に誰かが寄り添ってくれたら、孤独は癒《い》やされるだろう。人も動物も精霊もこの大地から生まれたが、バクは人の心が生み出したものだとオルシュは言っていた。そして人を救うために生まれてきたものだから、人の願いには抗《あらが》えない」

ただでさえ理解し難い話だというのに、ラルフの知らぬ名が出てきた。

「オルシュ？」

尋ねると、ああ、と顔を上げてサリが頷く。

「私の養い親だ。耳の良い精霊使いでね、森の精霊たちからとても愛されていたんだ」

サリの実の両親は死んだのだろうか。

ラルフは思ったが、黙っていた。

「バクのこともよく知っていたみたいだ。バクは呼び出した人の心に最大限添おうとする。だからこそ、人はバクと長く一緒にいてはいけないと私に教えてくれた」

「何故だ」

先程までエトを見つめるサリの横顔はどこか柔らかく見えていたが、今のサリからは表情が消えていた。なにを考えているのか。エトに向かいながら、別の何かを見ているように、淡々と語る。

「『バクを呼び出す者は孤独が深い。それに耐えられなくなった時、バクに孤独を消して欲しいと願ってしまう。人に願われたら、バクはそれを叶《かな》えてしまう。バク自身が望んでいなくても』。オルシェはそう言った」

サリの話す言葉の意味が、ラルフにはまったく分からない。だが、

「白銀《しろがね》は、だからエトを私の元へ連れてきたんだ。エトに生きていて欲しいと願って」

続けられた言葉に、理解した。「孤独を消す」とは、己を消すことなのだと。

つまりあの魔物は、エトが望めばエトを害するということか。

「今のエトには白銀しかいないんだ。この世界でただひとり、エトの声に応《こた》えてくれるものが白銀だ。だから白銀を奪われないためならなんだってするだろう。白銀を奪われたら、この子はきっと壊れてしまう」

サリの話は、ラルフには荒唐無稽《こうとうむけい》すぎて想像することも難しい。

人に寄り添うために生まれたという魔物も、魔物を呼び出すほどに深い孤独の存在も、この

大国ランカトルに生まれて、信じるものが魔物しかいないらしい子供も。

なにもかも、遠い別世界の話のようにしか聞こえない。

「……どうしたらいいんだ」

絞《しぼ》り出《だ》した声には、どこにぶつけたらいいのか分からない苛立ちが混じった。

サリがこちらを向いた。

深緑の瞳がひたとラルフを見据《みす》えて、ラルフは何故か身構えた。

「エトの声を聞くんだ。どんな小さな声も」

どこかで聞いたことのある言葉だった。どこで？

ラルフが思考を巡《めぐ》らせかけたその時。

背後から白い光が走ったかと思うと、扉が勢いよく開け放たれた。

ラルフは反射的に振り返ると右手をかざし防護壁を張ろうとしたが、当然魔法の力は使えない。

黒い人影があっと言う間にベッドに駆け寄り、エトを抱きかかえようとしていたサリを容赦《ようしゃ》なく張り飛ばした。サリの体が、床に叩きつけられる。

「やめろ！」

まるで荷物のようにエトを抱《かか》え、人影は魔法で窓を開け放つと子供を放り出した。

目覚めと同時に宙に投げ出され、恐怖に目を見開くエトの顔。ラルフと、目が合う。

「エト！」

再びラルフは右手をかざすが、そこからは当然なんの光も飛び出さない。

人影を押しのけて窓から身を乗り出せば、地上に叩きつけられるかと思ったエトの体は魔法の力に包まれ、戸外で待機していた別の男に受け止められたところだった。即座にエトの口元が覆《おお》われ小さく光が瞬《またた》いたのは、魔法で声を封じたためか。

エトを抱えた男はすぐ傍に停まっていた箱馬車にするりと乗り込んだ。

「ラルフ、案内ご苦労だったな。王都で余計な足止めをくらったが、お前がカロンで待機していたお陰で追いつけた。魔物に関して得た情報は改めてデューカ様にご報告を。我々は先に戻る」

背後の人影が喋《しゃべ》り、ラルフは血の気が引いた。

デューカの追っ手を、自分がここまで案内してきたというのか。

「貴様、エトを返せ！」

頭が真っ白になりかけたラルフの脇を風が抜けた。サリだった。

部屋から出て行こうとしていた男に体当たりする勢いだったが、男の右手がサリに向けられた。ラルフは咄嗟に己の右手を男に向けてサリとの間に割って入ったが、あまりに無意味な行為だった。

男の手から放たれた光はラルフとサリをあっさり跳ね飛ばす。

「どうしたラルフ。その女に情がわいたか」

薄れていく意識の向こうで、男が笑いながら部屋を出て行くのを聞いていた。

なんという無力。

(すまないエト――)


――気を失っている場合か！


ぐわん、と脳が痺《しび》れるほどの大声に、ラルフは闇に落ちかけた意識を引きずり戻された。

はっと目を開けると既に男の姿は部屋になく、慌てて窓辺に駆け寄れば、エトの連れ込まれた馬車の姿は宿屋の前から消えている。通りの先を目を凝《こ》らして見ても、影も形もない。

ラルフは、自身の右手を呆然《ぼうぜん》と見つめた。

リュウの言ったとおりだった。魔法を使えないラルフには、人を守ることができない。

サリはエトを守ろうと体を張り、男に張り飛ばされていたのに。

使えもしない魔法の力に頼り、窓から放り出されたエトの怯えきった顔を見ていただけの自分。

呆然としながらもラルフは床に倒れていたサリを抱きかかえてベッドの上へと下ろした。呼吸は正常で、リュウがやられたのと同じく気を失わされただけのようだ。

デューカの追っ手がどうやってラルフを追ってきたのかは分からないが、カロンで追いつかれたと言うなら、それは明らかにラルフが愚《おろ》かな真似をしたことがすべての元凶だ。

今すぐエトを助けに行かなければならない。自分が。

——能無し足手まといのお前が、どうやって。

部屋から駆け出そうとしたラルフを、低い声が止めた。

「誰だ」

まだ、他に人が残っていたのか。

振り返るが、部屋にいるのはサリだけだ。

——お前にはなにもできぬと今分かったばかりで、また同じ過《あやま》ちを繰り返しに行くのか。つくづく粗忽《そこつ》な愚か者よ。

「……誰だ。誰が話しかけている」

声は、サリの傍から聞こえてくる。低い、怒りに満ちたその響きに、ラルフは覚えがあった。

——今のお前にできることはなんだ。サリの力を持つお前にできることは。

ラルフはそろりとサリに近づいた。サリはもちろん、目を閉じたままだ。

「お前、お前だろう！」

サリを注意深く見つめていたラルフだが、ふとその右手を取った。赤い紐で巻きつけられた黒い石。

――サリから手を離せ！

だが、顔を近づけた途端、激しく怒鳴られ、驚いて手を離す。

ラルフは信じられない気持ちで、黒い石を見つめた。

「本当にお前が話しているんだな？　俺は、お前の声を聞いている、そうなんだな？」

――お前となど生涯話したくはなかったわ。だが今はやむを得ん。

まるで人と話しているかのようだ。

石の声は、老年の男性のものに似ていた。これが、精霊の声。

――小僧《こぞう》、本気であの娘を取り戻す気があるのならば、声を辿《たど》れ。

「声？」

――今のお前にできることはそれだけだろう。あの娘が持つ石の声。あの娘が持つ木の声。本心から願え。これ以上サリを苦しめれば容赦はせぬ。いいな。

そのまま、石は沈黙した。

「どういう意味だ。おい！　聞いてるんだろ？　答えろ。いや、答えてくれ」

思わず石に顔を近づけ懇願《こんがん》したが、先程までの声が嘘のように、石はうんともすんとも言わなくなった。

サリを起こして、今の石の言葉の意味を聞くべきか。

だが、ふと見たサリの顔のこめかみに男に殴られたのだろう痣が広がっているのを見つけて、ラルフは向かいのベッドに腰掛けた。

今のラルフにできること、とサリの石は言った。本気でエトを取り戻す気があるなら、と。もう馬車の影も形もない。王都のある西へ向かっていることは分かるが、どの道を選ぶのかまでは分からない。

（声を辿る――）

リュウが、精霊たちの声の大きさで距離が分かると言っていたことを思い出す。

サリはいつも、ラルフに事が起きた場所を正確に伝えてきた。

（俺の中にあるのは、サリの力だ）

力が入れ替わって以来、突如《とつじょ》世界に溢《あふ》れ出《だ》した音に苛《さいな》まれてきた。

だがそれこそが、サリが水、火、土、風、どの精霊の声も拾う万能系精霊使いであることの証《あか》しだったのだ。

（サリにできて俺にできないはずがない）

ラルフは大きく開け放たれた窓辺に立ち、首に掛けていた水色の石を外すと、自身の耳に押し当てた。

集中するために、必要だと思ったからだ。

深呼吸をひとつ。サリが精霊たちに話しかけていた様子を思い出す。

「エトがどこにいるか教えてくれ」

サリが目に見えないものたちに馬鹿馬鹿しいほど丁寧な物言いをすると、いつもラルフは半笑いで聞いていた。

「お前たちの声を聞く子供だ。白い石を首から下げている。俺の石と同じで、きっと静かな石だ。枯れかけたクスノキの枝も持っている。良い音を奏でるとサリが」

窓から放り出されて、恐怖に染まった小さな瞳が忘れられない。どれほど恐ろしかっただろう。否、今この瞬間も、エトは恐怖の只中《ただなか》にいるのだ。

人の心に添うという魔物は、人の心の声も聞くのだろうか。エトは男たちに声を封じ込められてしまった。魔物にエトが助けを求めたなら……と考えかけ、ラルフは頭を振った。

それでもあの子供は、魔物を呼ばないのだろう。

「お願いだ。誰でもいい。あの子に関する声を俺に聞かせてくれ。今度こそ助けに行くから。頼むから」

いつの間にか目を閉じて、ラルフは耳に自身の石を宛がいながら、あらゆる音を拾おうと集中していた。

始めに、風が吹いた。

ラルフを嬲《なぶ》るように強い風が、髪をもみくちゃにし、先日脳を揺らした蜂の羽音がぶん、と大きくラルフの周辺を取り巻いた。

恐怖心がわきラルフは耳を澄ますのを止めそうになったが、奥歯を嚙み締めてその音に身を浸《ひた》した。深く深く、耳を澄ます。

するとその羽音はそれ以上大きくはならず、きゃきゃきゃと子供たちの無邪気に笑う声に変わっていった。

——もう生意気言わないの？

——つまんないじゃーん。

朗らかな声が聞こえ、ラルフは驚き小さく肩を震わせる。

——からかうのはおよしよ。反省してるじゃないか。

——気が向いたら届けてやるよ。

「た、頼む」

はっきりと語りかけられたことに驚いて、ラルフは目を開け、空に向かって叫んでいた。

——目を閉じなさいラルフ。もっと、もっと集中しなければ聞こえないわ。

凛《りん》とした声が、耳元で響いた。

——あの子の持つ石が叫んでる。クスノキも最後の力を振り絞ってあなたに辿り着こうとしている。

（……俺の石か）

右耳に宛がった石の声だと、ラルフは確信した。一度集中を欠いたラルフを導くように、周囲に静けさが満ちていく。

やがて静寂をもたらすと思っていた石の向こうから、さあさあと砂がこぼれ落ちるような不思議な音が聞こえてきた。一定の間隔《かんかく》で、まるで水が流れるようにも聞こえる音色。

エトの石よ。クスノキよ。

ラルフは静かに語りかける。

「俺にお前たちの声を聞かせてくれ。必ず、拾ってみせるから」

再び、風が吹いた。

――誰を探してるのー？

――サリ。

――私たちの声が聞きたいの？

――サリ。

――違うよ。私たちじゃないよ。

――ちゃんと拾えるのかしらねえ。

――サリ。

（聞こえた！）

か細く、小さな声だったが、確かに声はサリの名を繰り返し呼んでいる。クスノキだろうか。

風の吹いてきた方角はやはり西からだ。

「感謝する！」

窓枠《まどわく》に身を乗り出して空に叫べば、風たちが楽しげに笑うのが分かった。

――集中を切らさないで！

ラルフの石がぴしゃりと叫ぶ。

「エトは⁉」

同時に鋭い声が背後からもかかった。サリがベッドから起き上がり、強張った顔でラルフを見つめている。

「追うぞ、サリ」

集中を切らせば音が途切れてしまいそうで、それだけを告げてラルフは駆け出した。


リュウに借りた馬車と馬はまだ宿の裏にあった。サリはラルフの様子を見て、一度だけ、

「聞こえているのか」

と問うた。ラルフが無言で頷けば、集中しろとだけ告げて馬を馬車につなぎ、自身が手綱《たづな》を取った。

「とりあえず西へ」

「しっかり掴まっていろ」

ぴしりと手綱が馬の背を打ったかと思うと、サリは恐ろしい勢いで馬を走らせ始めた。ラルフは荷台から転がり落ちそうになり、慌てて台の縁に手を掛ける。

「次は」

行く道の先が行き止まりになっているのが見え、サリが短く問う。

ラルフは馬の蹄《ひづめ》と車輪の音に紛《まぎ》れそうになる音を必死で拾う。

この音を見失えば、エトを失う。

クスノキがサリを呼ぶ声はあまりにか細いが、呼ぶことを止めない。

「ちょっと待て、ええと、右だ！」

「次！」

「真っ直ぐ！」

エソラの街を出てしばらくすると、はっきりと、サリを呼ぶ声が大きくなったことに気づいた。

（近づいている）

「左の道だ！」

同時に、同じ声の大きさでエトの名を呼んでいる別の声がすることに気づいた。

――エト、泣くな。

――エト。

──サリ、この子が泣いているよ。

──エト、可哀想《かわいそう》な人の子。私の声を聞いておいで。

きっと、エトの名を呼んでいるのがあの白い石だ。エトに向けて必死に呼びかけているのが分かる。

デューカの追っ手たちは王都へ真っ直ぐ続く大通りではなく山道へと入っていった。広くはない道の両脇から、木々が頭上を覆《おお》い被《かぶ》さるように立ち並ぶ。木立《こだち》の間から漏れる月明かりだけが頼りだが、暗い山道を、サリはなんの躊躇《ためら》いもなく馬を走らせていく。

サリたちの馬車は小回りがきくが、整備されていない道のお陰で、相手の箱馬車は馬脚が多少鈍《にぶ》ったようだった。

「いた」

山道に入って間もなく、サリが小さく呟いたかと思うと、ぴしゃりと手綱を打った。

前方に、箱馬車が見えた。

ラルフたちに気づいたのだろう。相手の速度がわずかに上がる。

「これからどうする気だ！」

「考えろ！」

ラルフの問いに、サリは毅然《きぜん》と答えた。ひたと前方を見据《みす》える横顔は怒りに満ち、決して相手を逃《のが》すまいという気迫に溢れている。

と、箱馬車の後部にあった小窓が開き、白い光が閃《ひらめ》いた。

「避けろ！」

後ろから身を乗り出し、サリの体ごと横に倒れるように押し倒せば、頭のあった位置を光が飛び抜けて行った。馬が驚き、馬車は大きく傾いて道を逸《そ》れる。

すぐに顔を上げたラルフは、箱馬車の後部から再び光が放たれようとしていることに気づいた。男がこちらに手をかざす。

荷台から御者台に飛び移り、サリの盾《たて》になろうとしたラルフだったが、猛然《もうぜん》と立ち上がったサリに突き飛ばされた。

それどころか、自分に向かって真っ直ぐ放たれた光に向かって、サリが全力で駆け出した。

「エトを、返せ！」

腹の底から吼《ほ》える。

次の瞬間目の前で起きたことが、ラルフには信じられなかった。

サリの体が突然白い光に包まれたかと思うと、襲いかかってきた光をわけもなく跳ね返した。同時にサリが前方にかざした右の手のひらから放たれた光が箱馬車を包み、ごとりと鈍い音が響いた後、箱馬車を引いていた馬たちが乗車室を置いて走り去った。長柄《ながえ》が外れたらしい。

乗車室は走っていた勢いのままいくらか進んだが、前方がゆるい上りの坂道になっていたため、すぐに停車した。

サリは小走りで乗車室に近づくと、躊躇いなく扉を開けた。中を警戒する様子さえなかった。慌ててラルフも後を追う。

「エト！」

サリが手を差し伸べると、乗車室から小さな塊が飛び出してきた。

エトだった。

ラルフの全身から、力が抜けるような安堵が込み上げる。

顔をくしゃくしゃにしてサリにしがみつくエトの小さな右手には、すっかり葉の落ちたクスノキが握られている。

サリがエトを抱きかかえて乗車室から離れるのと入れ替わるように、ラルフは乗車室の中を覗いた。

男がふたり、椅子に掛けた姿のまま硬直している。御者台にもひとり、石像のように固まっているのが見える。

相手の意識を保ったまま体だけを石化させる、見事な魔法だった。

頬に触れれば石化が解けるまでのおおよその時間が分かるが、この固さから考えれば、一日はかかるだろうと思われた。

宿に押し入りエトを窓の外へ放り出した男の目が驚愕《きょうがく》の色に染まっているのを確かめ、ラルフは男の耳元に口を近づけた。

「分かっただろう。あの女と子供は魔物の庇護下《ひごか》にある。魔物はデューカ様の存在に気づき姿を消した。あれから一度も、子供の前にすら姿を見せない。だが、あの女と子供を庇護している。下手《へた》な手出しをすれば次は命を失うぞ。俺はあの子供を手なずけている最中だとデューカ様に伝えろ。魔物が現れ次第、報告を行う」

そのまま去ろうと思ったが、ふと気が変わりラルフはもう一度その男と顔を合わせた。

右手を強く握り、男の顔を殴りつける。勢いで、男の体は座席に横倒しになった。

「二度と俺に魔法を向けるな」

ラルフは鋭く言い捨てて乗車室の外に出たが、人を殴ることに慣れていない拳《こぶし》がひどく痛んだ。

――あら、サリとエトのためじゃないのかしら。

固く握り締めていた拳のうちで、からかうような声がする。

「俺のためだ」

――ああら、そう。

手を広げると水色の石は思わせぶりに笑ったが、嫌な気持ちはしない。

「助けてくれて、感謝する」

――御礼を言う相手は他にいるでしょう。

言われて、ラルフはサリとエトを見た。

自分にしがみつくエトの頭を撫《な》でながら、サリは言葉を尽くしてエトに謝っている。

そんなふたりにゆっくりと近づき、ラルフは声を掛けた。

「エト、守ってやれなくて悪かった」

エトはびくりとしてラルフから顔を背《そむ》け、サリの肩に顔を埋《うず》めてしまった。落ち込みそうになるが、何度も何度も、ラルフはエトに恐怖を与えているのだ、仕方がない。

その小さな手がひしと握り締めているクスノキは、ラルフが最初に見た時から半分ほどの長さに折れて、ただの木の棒に見える。あれほどサリの名を呼んでいたというのに、今はもうなんの音も聞こえない。

「声を聞かせてくれて、感謝する。ずっと、サリの名を呼び続けていた」

言えば、サリがはっとクスノキに目をやった。

「それから、お前の石にも」

「スクード?」

サリが自身の右手首を掲《かか》げる。

黒い石が、月の光を受けて白く光った。

ラルフとは口をききたくはなかったと言っていたとおり、今は沈黙を貫いたままだ。

「これ以上お前を苦しめると容赦はしないと怒鳴られた」

サリの目が、大きく見開かれる。

それがいつものサリらしからぬ幼い表情に見えて、ラルフは思わず笑ってしまう。が、サリの目にみるみるうちに涙が溢れるのを見て、動揺した。

「スクードの声が、聞こえたんだな」

震える声で、サリが確かめる。

頬の上をぼろぼろと涙が伝い落ちる。まるきり子供になったみたいに。

「私のことを、言っていたのか」

「あ、ああ。言っていた」

「そうか」

エトを左腕で抱えたまま、サリが石のかかった右手首を己の頬に当てて、くしゃりと泣き笑った。

「ずっと、スクードの声が聞きたかったんだ。ラルフ、声を聞いてくれてありがとう」

あまりに嬉しそうに無邪気に笑うから、ラルフは頭が真っ白になる。

サリに迷惑をかけたことを謝らなければと思っていたのに。

——こんな男に礼など言う必要はない。

低い声が響き、サリの肩の上でそろりとエトが顔をこちらに向けた。

サリの石——スクードとやらの声が聞こえたのだろう。ラルフを見て、小さくエトが笑った。

それは本当に一瞬のことだったけれど、ラルフは胸が熱くなる。笑えるのだ、エトは。

「ああ、いつまでもこんなところにいるわけにはいかないな。エト、急に泣いたりしてすまない」

乱暴に涙を拭うと、サリは少し恥ずかしそうにエトを馬車の荷台へと下ろした。

「あいつらは最低あと一日はあのままだ」

ラルフがそう告げると、サリは宿で荷を取ったら、このままエソラを出ようと言った。

「ここからは北に向かって、ユッテを通り、山を越える。ああ、ラルフあんた食事をまだ摂《と》っていないだろう。どこかで食べるものを調達して……」

予定を話しながら荷台に上がったサリだったが、突然その場に崩れ落ちた。

「サリ、どうした」

自分の傍《かたわ》らに倒れたサリに、エトが青ざめる。

ラルフが慌ててサリの身を起こすと、顔が赤く体も熱くなっているが、呼吸は正常で、ただ深い眠りに落ちているようだった。

この症状には覚えがあった。

「エト、安心しろ。サリは大きな力を使いすぎて疲れただけだ」

ほとんど魔法を知らず、実戦経験もないのに、あれほど大きな技を使ったのだ。

気力も体力もごっそり持って行かれて当然だ。

ラルフにスクードを取り上げられそうになった時の一度きりしか、魔法は使えなかったと言っていたことを思えば、サリの魔法は、サリの感情に大きく拠《よ》っているのだろう。
今回は、エトを取り返したいという思いが魔法を発動させた。
だが、毎度あんな力の使い方をしていては、体への負荷が大きすぎる。
目が覚めたら、サリに順次魔法の力の扱《あつか》い方《かた》を教えてやらなければ。
御者台に掛け、ラルフは明るい気持ちで手綱を振るった。

5

デューカの元へ、魔物を呼び出す子供を捕らえるよう放った私設護衛隊の者たちが戻ってきたのは、精霊使いサリが子供を連れて王都ザイルを離れた五日後のことだった。

命《めい》を果たせなかったことは、子供も魔物も連れていないことで容易に分かる。

人払いをし、デューカは報告を聞くために部下を私室へと招き入れた。

デューカの私設護衛隊には、国の機関に所属していない魔法使いも精霊使いもいる。その中でも、魔物に対処するため、今回は特に力のある者たちを選出していたはずだが、デューカの前に膝をついた魔法使いの片頬は、なにがあったのかひどく腫《は》れていた。

「精霊たちの声を追ってカロンでラルフを見つけ、エソラの街まで尾行し、一度は子供を捕らえたのですが、精霊使いの女が魔法に似た力を使い子供を奪い取られました。我々はその場を一日動けず、また馬も奪われたため、帰都が遅れました」

不愉快な報告に、デューカは眉《まゆ》を顰《ひそ》めた。

「つまりお前は、サリたちを再び見逃し、探すこともせずのこのこここへ顔を見せに来たというわけか」

目の前にあったテーブルの脚を踵《かかと》で蹴れば、その上に飾られていた花瓶《かびん》が倒れて床に転がり落ち、派手な音を立てて割れた。

「いえ、あちらにはラルフが潜《もぐ》り込《こ》んでいることが分かり、ラルフより忠告がありましたので、我々はそのご報告に帰都いたしました」

「ラルフ？」

魔物に魔法の力を奪われた公安魔法使いの名にデューカは表情を変えた。

曰《いわ》く、サリの元へ送られていた魔法使いの存在に気づき、魔物が完全に姿を消したこと。だが、魔物は女と子供を強大な力で庇護《ひご》していること。ラルフは、魔物の再顕現《さいけんげん》を待つべく子供を手なずけている最中であること。

「魔物が現れ次第、ラルフはデューカ様にご報告すると申しておりました」

「……そうか。分かった。もう下がっていいぞ。魔物がおらぬのでは意味がない」

部屋から部下たちを下がらせると、デューカは更《さら》に奥の部屋へと続く扉を開けた。

「早く、再び姿を現してくれ」

デューカが熱を持って見上げる壁面には、銀色の魔物の絵姿がある。

〝鑑賞会〟に参加させた絵師に直後から何十枚と描かせ、その中からかろうじてマシだと思えるものを飾っているのだが、あの美しさは到底絵筆に収められるようなものではないのだと分かっている。

精霊使いや魔物の学者たちにも調べさせてはいるものの魔物に関する詳細《しょうさい》な資料は未《いま》だ見つかっていない。

一体、あれは何ものなのか。

長年、精霊や魔物と呼ばれる異形《いぎょう》の生物の蒐集《しゅうしゅう》に勤《いそ》しんできたデューカだったが、あれほどまでに美しい生き物を見たのは初めてだった。

厳重《げんじゅう》な警備も鉄格子の檻《おり》もものともせず、白い光と共に現れた銀色の魔物。

魔物から放たれた力は苛烈《かれつ》なものではなく、むしろ人々を包み込むようでさえあったのに、魔法使いと精霊使い、双方《そうほう》の力をあっさりと奪い取ったという。やさしげに見えて、なんと残《ざん》酷《こく》な力を持つのだろう。

そうして、現れた時と同じように、光と共に影もなく消え去った。檻の中の子供を連れて。

あれが欲しい。

デューカは心臓を撃たれたような気持ちで思った。

あの強く美しい魔物を、己《おのれ》のものにしたい。

今、デューカの心を占めるのは銀色の魔物の姿だけだ。

公安精霊使いサリの元に監視を送り込んでおいたのは、デューカの勘だった。〝鑑賞会〟でサリはただひとり、魔物と子供を庇《かば》う様子を見せたのだ。何か事情を知っているのではないかと思ってはいたが、まさか魔物と子供がサリの元に現れるとは。期待を遙《はる》かに上回る監視からの報告に、デューカは私設護衛隊に命じて直《ただ》ちに魔物と子供を捕獲《ほかく》するよう命じた。

とは言え、あれほど力ある魔物だ。そう簡単に捕らえられはすまいと思っていたが、私設護衛隊を送り出していくらもせぬうちに、思わぬ邪魔が入ったことを知らされた。

緊急面会を求めてきたのは、公安局局長カルガノだった。

「デューカ様、先程、公安局気象課のリュウが魔法使いに負傷させられまして」

「なんだと。どこで襲われた」

「同僚の精霊使い、サリ・ノーラムの自宅前です」

カルガノが眼鏡《めがね》の奥からデューカを窺《うかが》うように見たのは、気のせいではないだろう。舌打ちしたい衝動をかろうじて抑え、デューカは顎先《あごさき》で報告を促《うなが》した。

「サリの家を監視中、通りすがりの男に見つかったため咄嗟《とっさ》に魔法を使って逃げたという私設護衛隊からの報告を受けている。相手がよりによって精霊使いとは！

「リュウの報告によりますと、不審な魔法使いはサリの家の中を窺っていたとのこと。リュウに見つかるや魔法を使って逃げたそうです。リュウが目覚めた時には、あの〝鑑賞会〟以降、やっと退院して自宅で静養を始めたばかりのサリの姿も家から消えていたと」

挑《いど》むようにこちらを見つめるカルガノは、不審者がデューカに関係する者であることをほぼ確信しているのだろう。

いつもは穏やかな男が、サリやラルフが魔物によってそれぞれ力を奪われたことを知り、デューカの私的な〝鑑賞会〟にこれ以上公安局局員を呼び出すなと怒りを露《あら》わにしたことを思い出す。

「ほう、それは心配だな」

「はい。この王都で、他者を傷つけるために魔法が使われたこと、看過《かんか》してはおけません。公安局より局員を出し、逃げた魔法使いを追っております。サリの行方《ゆくえ》も」

余計なことを。

デューカは内心で毒づいたが、表向きは了解の意を示した。国防の長であるデューカは、公安局の総局長でもある。局員を守護する動きを妨《さまた》げるわけにはいかない。

カルガノはデューカに釘《くぎ》を刺しに来たのだろう。しかし、サリの行方を知らぬ素振《そぶ》りをしていたが、あれは本当だろうか。

リュウという公安精霊使いが昏倒《こんとう》していたのは事実だとして、同僚であるサリが全く無関心のまま放置していったということは考えにくい。

つまり、リュウはサリが魔物たちと共に逃げたことを知っており、カルガノに報告をしたと考えるのが筋だろう。

局員を守るために態勢を整えた後、カルガノはデューカを牽制《けんせい》しに来たのだ。

「不愉快なジジイめ！」

カルガノが去ってしばらくすると、困惑した表情の私設護衛隊の者たちが一部デューカの元へ戻ってきた。

王都のあちこちを公安局局員が見回り、魔法使いに片っ端から職務質問をかけており、サリたちの痕跡《こんせき》を辿《たど》ろうにも、サリの家の周りにも局員が溢《あふ》れ近づくこともできないという。

魔法使いたちが動けぬならばと、精霊使いたちにサリの行方を探らせてみるが、めぼしい情報はほとんど得られず、唯一のまともな情報は、「魔物はいない」という東から吹いてきた風から聞きとれた声だけだった。

リュウが乗っていた馬車も魔法使いに奪われたらしいと騒ぎになっており、これはサリが逃走に使っているのだと容易に想像がついた。

サリの家は周囲になにもない丘の上にある。轍《わだち》の跡を追うのは容易《たやす》いだろうと思われたが、その日夕方から夜にかけて王都には強い雨が降り、轍の跡が消し去られてしまった。

好機を邪魔されたことに対する苛立《いらだ》ちは大きかった。しかし、デューカはラルフの存在を忘れたわけではなかった。

サリの家を監視していた魔法使いが、その場にはラルフも居《い》たとはっきり報告してきたからだ。

サリが自宅から姿を消すのと同時に、ラルフの姿も王都から消えている。

行動を共にしているのだとすれば、何《いず》れ連絡が来るだろうと思っていた。

公安魔法使い家系の名門アシュリー家に生まれ、魔法の才に恵まれ、公安魔法使いであることを第一の誇《ほこ》りとしてきたような男だ。魔物により魔法の力を奪われたことで、公安魔法使いの職責を解かれることを何よりも恐れている。

デューカの良い駒《こま》になりそうな男だった。

私設護衛隊が今報告してきたとおり、手綱《たづな》が切れていないのであれば問題ない。

それにカルガノの視線も鬱陶《うっとう》しいことだ。

その時が来るまでは、派手に動かずカルガノの監視が緩《ゆる》むのを待つのもいいだろう。

だが、カルガノの牽制に自分が素直に引いたと思われるのも癪《しゃく》だ。

デューカはしばし思案すると、カルガノをデューカの私邸に呼び出した。

「先の〝鑑賞会〟にて公安局の局員二名に大いなる傷を負わせ、その類《たぐ》い稀《まれ》なる力をむざむざと失わせたこと、深く反省している。しかしあのような凶悪で恐ろしい魔物が存在すると知った以上、公安局は民を守るため、魔物に対する備えをすべきだろう。直《ただ》ちに調査隊を組み、かの魔物に関する調査を始めよ。報告を楽しみにしているぞ、カルガノ」

私設護衛隊の精霊使いたちに命じて魔物について調べさせてはいるが、これまでのところ芳《かんば》しい成果は上がっていない。

情報が少なすぎるのだ。

一方公安局には、公安局創設以来の膨大《ぼうだい》な資料が保管されている。

魔法や精霊についての資料は、閲覧《えつらん》手続きを踏めば公安局局員の誰もが手に取ることができるが、魔物に関する資料は国王や公安局長官、局長を始めとする、ごく一部の者にしか閲覧の許されない極秘資料扱《あつか》いとなっている。

私的な理由による資料開示請求は当然カルガノに却下《きゃっか》されること、また、公安局を使えば魔物に関する扱いは以後国家問題になり、デューカが私的に魔物を蒐集するのに煩《わずら》わしい問題が発生することを考え、公安局の資料に手を出すのは最終手段と思っていたのだが。

デューカの趣味に事あるごとに苦言を呈する煩《うるさ》いカルガノを使って魔物の情報を集めさせるのは、非常に良い考えに思えた。

もしカルガノがデューカの満足する魔物の情報を見出《みいだ》したなら、その時、私設護衛隊を投入するのが効率的だろう。もしくは、国家の安全のため、カルガノたちに魔物を捕らえるよう命じるのも一興だ。

ゆったりと笑みを浮かべるデューカの前で、承知いたしましたと深く頭《こうべ》を垂《た》れるカルガノの表情は、残念なことに見ることが叶《かな》わなかった。

6

デューカへの伝言がうまく届いたのだろうか。

エソラを出て数日は背後を警戒しながら慎重《しんちょう》に進んだが、ラルフはサリやエトの助けを借りながら精霊の声を拾い、追っ手がないことを確信した。

それからの道中は、これまでの怒りと苛立《いらだ》ち、焦《あせ》りに満ちたものとはまったく違ったものになった。

精霊たちの声が鮮明に聞こえる日常は、ラルフの世界を一変したのだ。

世界にはこんなにも様々な音が溢《あふ》れていたというのか。

あまりにも鮮やかな、想像すらしていなかった人ならざるものたちの世界に、ラルフは一気に魅了された。

彼らがなにを言っているのか聞きたくて、その会話がなにを示しているのか知りたくて、ラルフは可能な限り周囲に耳を澄ませるようになった。

サリの言っていたとおり、聞きたいと素直に願い、辛抱《しんぼう》強く待っていれば、世界の声は日に日に聞き取れる数を増していく。

――私たち、これから雨の子たちを運ぶのよ。

――あの子たち騒がしくて嫌になっちゃう。

自分たちだって同じくらい騒がしい風の精霊たちは人の髪を掻き混ぜるのが好きらしく、エトがよくもみくちゃにされている。サリに話しかけるものもいるが、サリがなんの反応も見せないとそのまま通り過ぎていく。

ラルフは風たちにはからかわれることが多い。精霊たちに強気な態度をとったことを忘れていないのだ。

水汲《みずく》み場でひたりひたりと桶《おけ》から落ちる雫《しずく》たちが、笑い声をあげて地面に飛び込む音。馬に蹴飛ばされたのだろうか。小石が舌打ちするような声が響いたかと思えば、屋台で肉を炙《あぶ》る火が油がしたたり落ちてくるのを今か今かと待つ声がする。

「エト、もう少ししたら東から大風が吹く。そうだな」

御者台から振り返り問えば、エトはラルフの視線を受けて少し耳を澄ませた後、

「あっちから来る」

と東の空を指した。

ラルフが精霊の声を聞いてエトの元へ辿《たど》り着《つ》いたあの日から、少しずつ、エトはラルフに反応を返すようになっている。

否《いな》、反応をくれるようになったのは、ラルフが、エトがずっと握り締めてすっかり枯れてしまったクスノキを加工して、少女の首から下げられるようにしてやってからだ。

デューカの追っ手から逃げた後、そのまま持っていては危ないからとクスノキを渡すようラルフが言った時には悲壮《ひそう》な顔をしていたエトは、クスノキが手元に戻ってくるとは思ってもいなかったらしい。

エトの小指の長さほどに枝を切り、皮を剝《は》いでヤスリで木肌をなめらかにして棘《とげ》のないようにし、円柱の上部に穴を空《あ》けただけの簡単なものだ。

魔法が使えないのでできばえは決して良いとは言えず、飾り彫りなどもないため、短く切られた小枝にしか見えない。以前のラルフならばこんなものはゴミだと捨てていただろう。

「お前が選んでくれた石の礼だ。紐《ひも》に通しておけば、ずっと持っておけるだろう」

リュウがしていたように地面に膝をつき視線を合わせ、手のひらに乗せたクスノキを少女に差し出した。

エトは姿の変わったクスノキにすぐ気づいたようだった。驚きに目を丸くして、隣に立つサリをどうしたらいいのか分からないとでも言うように見上げ、ちらちらとラルフの手のひらの上に視線をやる。

動き出さない子供に焦《じ》れて、もう一言なにか言うべきかと口を開きかけたラルフを、何も言うなと目で制したのはサリだ。

ぐ、と堪《こら》えて待っていると、エトはラルフの様子を窺《うかが》いながら、そろりと手を伸ばした。

ほとんど重さのない木の欠片《かけら》を小さな指が大事そうに掴んで、ゆっくりとその感触を確かめるように握り締める。いつも怯《おび》えた色をしている茶色の瞳がきらきらと輝き始め、頬が紅潮する。幼い手の中に収まってしまうそれを耳元に宛《あて》がったエトの口元が、ゆっくりと弧を描いた。

ラルフの胸に込み上げたのは喜びだった。

クスノキは今、エトの首元で白い石と並んで揺れている。

魔物しか拠《よ》り所《どころ》のないエトを救うためには、エトの声を聞くことだとサリは言っていた。どんな小さな声でも、と。

あの時は意味が分からなかったが、今なら少しだけ分かる。

エトを注意深く見ていれば、伝わってくる感情があるのだ。

そんなラルフの変化が伝わっているのか。

あれほど怖がられていたというのに、エトはラルフが話しかけても体を強張《こわば》らせることはなくなったし、反応が返ってくるようにもなった。

信頼を得つつあるのは間違いない。

ラルフとエトが会話するようになったことで安心したのか、サリはラルフたちの話を黙って聞いていることが多くなった。

もちろん、ラルフが精霊たちの声について尋ねるとどんなことでも、明確な答えが返ってくくる。

自分が精霊の声を聞くようになって初めて、ラルフはサリがどれほど広範囲の声を拾っていたのか、また、どれほどの声から必要な情報を拾い出していたのか、その能力の高さを本当の意味で理解し始めている。

そうやってラルフが新たな能力を伸ばす一方、サリはうまく魔法を使えずにいる。

急に大きな魔法を使えば体に負担がかかる。それを防ぐためにも、ごく簡単な魔法を使うことでサリの体を魔法の力に慣らしていこうと考えていたが、魔法使いの子供が無意識に使う程度の簡単な魔法さえサリは繰り出すことができない。

魔法は己《おのれ》の力と、想像力で使うものだ。

自身のうちにある力をどう使いたいのか、脳内で明確に想像し、その像を具現化する。

言葉で説明できるのはそれだけだ。

サリの指先に光は灯《とも》れど、それはいつも、光の泡《あわ》となって消えていく。

暇《ひま》さえあれば、サリは目を閉じて魔法の力を感じているようだったが、その度に何も為《な》さない光の泡がふわふわと辺りを漂《ただよ》った。

だが、サリは魔法が使えないからとラルフのように焦る様子も、落ち込む様子もなく、

「難しいものだな」

と呟いて、淡々と日々を過ごしているように見える。

リュウは精霊の声が聞こえなくなり、サリがひどく落ち込んでいるというようなことを言っていたが、ラルフは結局、それをうまく想像することができないままだ。

元々感情を表に出す人間ではないと知っていたが、互いに力を失った後も、サリはそれに対する大きな喜怒哀楽《きどあいらく》をラルフの前で示すことはなかった。

スクードの声をずっと聞きたかったのだと泣いた時。

サリが涙を見せたのはあの瞬間だけ。

ラルフに向かい、ありがとうとくしゃりと笑ったのもあの時だけ。

何度思い出しても、驚いたという感想しか浮かんでこない。

たぶん、サリにも人並みの感情があったという事実にラルフは驚いたのだ。

泣くほど声を聞きたい相手が石だというのがサリらしいと言えばサリらしいが。

もう一度確かめたい気がして、今度スクードがなにか喋《しゃべ》ったらサリに知らせてやろうと密《ひそ》かに思っていたが、スクードはあれから一言も話さない。

サリもスクードについて尋ねてくることもなく、あの時のことは夢だったのかと思うほど淡々と日々を過ごしているように見える。

これほどにサリが冷静に見えるのは、ラルフがエトと信頼関係を築きつつあるからかもしれない。

エトが魔物に願えば、サリとラルフの元の力が戻ってくる。

その予感が、サリに落ち着きをもたらしているに違いない。

力を失って以降のサリの落ち着きに反し、ラルフはあまりに動揺し、醜態《しゅうたい》を見せすぎたと内心気まずく思っていたのだ。

その思いつきは、ラルフの気を幾分《いくぶん》良くした。

うまく魔法を使うことができないサリを補うためにも、今はラルフが精霊の声を聞く力を磨《みが》くべきだろう。

サリにもたれかかって何ごとかを喋っているエトを肩越しに見やり、ラルフは決意を新たにする。

「今度こそ、俺が守ってやる」

——愚《おろ》か者《もの》め。あの場所で、お前にサリたちが守れるものか。

サリの右手首で、スクードが小さく呟いた声を、ラルフは拾うことができなかった。

seireitsukai sari no

shoushitsu

―精霊使いサリの望むこと―

朝の見回りを終えてサリが部屋でまどろんでいると、人の足音が近づくと共に扉の下から封書が一通差し込まれた。ベッドから身を起こしたサリは一度窓の外を見上げ、太陽が中天に差し掛かっているのを確かめた。ちょうど昼時だ。扉の前に落ちている生成《きな》りの封書を拾い上げ、差出人を確かめもせず部屋を出た。サリに封書を送ってくる人物など、ひとりしかいない。

官舎は街の中心地にあり、周辺には食堂や屋台が多く並んでいる。サリは山菜炒《いた》めと肉をパンで包んだものと小粒のぶどう一房を買って、早い足取りで街を抜け出した。

サリが公安精霊使いとなって二番目の赴任地《ふにんち》となるここケトは、ランカトル王国の西にある国有数の農業地帯だという。行政官舎や家や商店が密集した市街地は中心部に小ぢんまりとまとまっており、少し歩けばすぐに田畑の広がる光景を見ることができる。

初めての赴任地が王都にほど近い工場地帯で、緑よりは工場が多かったことを思えば、サリにはこの街の空気の方が心安い。

人懐こい風の精霊たちがすぐにサリの周りを取り巻いて、サリが歩くのに合わせて辺りのぶどうの葉がざわざわと揺らめく。

精霊たちにあまり興奮するなと告げながら畑の間を歩いていると、正面から子供らが駆けてくる。そのうちのひとりがサリを見て、あっと声を上げた。

「精霊使いのおねーさん！」

サリは内心どきりとして、歩みを止める。子供たちはたちまちサリの前までやってきて、大きな声を上げた子供がサリをにこにこと見上げた。

「今日はずっとお天気？　風はなんて言ってる？　今からみんなで原っぱに行くの」

サリはそうか、と頷くと空を見上げ、遠くの音に耳を凝《こ》らした。今朝《けさ》の見回り時に既に今日の天気は終日晴れと確認していたが、子供たちに問われた時には都度、精霊たちの声を拾うことにしている。

「今日はずっと晴れだと言っている」

一通り確かめた後にサリが真顔で告げると、子供たちはわあと無邪気に歓声をあげた。

「ありがとうおねーさん」

手を振りながら子供たちが駆けていく後ろ姿を、サリは緊張した面持《おもも》ちで見送ってしまう。

――いつまで呆《ほう》けている。早く飯を食え。

道の向こうに子供たちの背中が消えてしまうまでその場に立ち尽くしていたサリに、右手首につけている黒い石から呆《あき》れたような低い声が響いた。石の精霊、スクードだ。

「あ、ああ」

我に返り、サリはひとつ大きな息を吐くと再び歩き始めた。

山を下りてからもう半年以上が経《た》ち、街での生活にもかなり慣れたと自分では思っているが、こういったことにはまだ戸惑う気持ちの方が大きい。

精霊の声を聞くサリの存在を認め、どころか、無邪気に精霊の声を問うてくるなんて。

そういった人々がいるとは育て親のオルシュから聞かされていたが、山で暮らしていた時にはとても信じられなかった。

サリの存在は恐れられていたし、人が好んで近づいてくることなどありえなかったからだ。もう大人になったと言うのに、自分の背の半《なか》ばまでしかないような子供たちが近づいてきても、大きな目がこちらにまっすぐ向けられると、サリはなにを言われるのかと緊張して体が強《こわ》張《ば》ってしまう。そうして、先ほどの子供たちの無邪気さに驚いて、自分のぎこちない態度を申し訳なく思ってしまうのだ。

街で暮らすようになり、そういった人々が本当に存在するのだと理解はできるようになったが、慣れるまでにはもう少し時間がかかりそうだった。

気を取り直して最初のぶどう畑を抜け、小道を折れると小さな空《あ》き地《ち》に大木が立っている。ちょうどこの地に赴任してきたばかりの頃、薄紅の愛らしい花を枝の先までいっぱいに咲かせるのを見てすっかり気に入ってしまったのだ。花の盛りはわずかで、今は青々とした葉を茂らせているが、この木の傍《そば》に立つとサリは今でも独特の甘い香りを思い出す。幹に耳を寄せると、あの香りに似合いの華やかな音を奏《かな》でている。自然と心が浮き立つような音だ。

遠目にぶどう畑を見つめながらサリは昼食を済ませ、ぶどうを最後の一粒《ひとつぶ》まですっかり食べてしまうと、少しの間木の音色《ねいろ》に耳を澄ませた後、持ってきた封書を開けた。

差出人は王都ザイルにいるカルガノだ。カルガノはサリの後見人だが、公安局局長でもある。

多忙な日々であるにも拘《かか》わらず、カルガノが週に一度サリに義務付けた報告書の提出に、必ず返事を寄越す。

必要ないとどれほどサリが言っても送られてくるので、ついには断ることを諦《あきら》めた。

外見も内面も穏やかな人物だと思っていたが、オルシュの知り合いなだけのことはある。サリはこれまで、カルガノの決して厳《きび》しくはないはずの物言いからの提案を断れた試しがない。

封書には前回の報告に関する了承の返事と疑問点がいくつか、そして、サリに対する個人的な問いが必ずひとつ記してある。

それは、食べ物の好みであったり、精霊への問いであったり、赴任地での生活への不満がないかの確認であったりと様々だが、まるで書面を通して会話を交わしているようだとサリは思う。サリがカルガノの問いに答えを返すと、次の書簡にはそれに対する感想が必ず記されているからだ。

これまで文字を記してやりとりをしたことなど一度もなかったサリにとって、この作業は非常に困難なものだったが、さすがに半年も経《た》てば慣れてきた。それに、サリはカルガノからの書簡が嫌いではなかった。オルシュと別れた後、自分は今度こそひとりになってしまうのだと思っていたが、どこにいようとも必ずサリ宛に届けられるカルガノからの書簡を手にすると、そうではないと感じることができた。

まずは報告書を作成しなければならない。サリは持参していた筆記具を手にすると、慣れた調子で白紙を埋め始めた。

（――今週も天候は晴天多し。週末にかけて崩れるが警戒の必要はなし）

ケトは気候も治安も安定している穏やかな土地で、これまでにこの地に赴任してきた公安精霊使いや公安魔法使いたちの働きもあってか、大きな問題がほとんど見られない街だ。

故《ゆえ》に、この街におけるサリの重要な仕事はほとんど天候を素早く読むことであった。ケトの人々は日々、公安部気象課から発表される気象予測を元に農作業の予定を立てており、その予測にほぼ絶対の信頼を置いている。

ケトの気象課には二名の公安精霊使いが派遣《はけん》されており、彼らはそれぞれ水と風の精霊の声を聞いた。彼らの精霊たちの声を聞く能力は十分に高かったが、サリは彼ら以上によく精霊たちの声を拾うことができた。

何度か気象課の精霊使いたちが予測できなかった落雷や暴風の予測を立て、事前の備えを積極的に手伝ったことで、ケトの住人たちは新しく赴任してきた公安魔法使いと公安精霊使いを頼れる存在と認めたらしい。

らしい、と言うのはそういった人々の心の機微《きび》がサリには理解も想像もできないからだ。言ったのは、サリの業務上のパートナーである魔法使いラルフ・アシュリーだ。

この地に赴任した当初から、ラルフはサリに、気象課よりも早く正確に天候予測をすることや、日々の見回りで気づいたことはすべて自分に報告するよう口煩《くちうるさ》く言っていた。

「年若いというだけで実力を疑われるのは腹立たしい」

長くこの地に赴任している人物への地域住民の信頼が篤《あつ》いのは当然だろうとサリは思うのだが、ケトの住民たちは困りごとがあると、公安魔法使いであるラルフではなく、気象課の扉を叩くので密《ひそ》かに自尊心を傷つけられていたらしい。まったく、面倒な男である。

落雷時にやたら見た目の派手な魔法を使って防いだのは、住民たちの関心を引くためであると知っていたサリは随分鼻白《ずいぶんはなじろ》んだものだが、言われてみれば、その後あたりからぽつりぽつりとサリに話しかけてくる人々が増えたのだから、ラルフの言うことも間違いではないのだろう。

(——北地区の山林開発調査の結果は下記の通り。山の中腹の巨岩や巨木群が山の要となっており、麓《ふもと》には集落があるため南側の伐《き》り出《だ》しは特に厳禁とした。伐採《ばっさい》可能地区は北側のごく一部、別紙参照地域のみ。この結果に対し開発主が反発しているため、ラルフが適宜《てきぎ》対応中。

大岩を掘り出した水路については——)

大水の際にいつも決壊する水路があるから見てほしいと、とある集落の住民から相談されたのもその頃だ。

話を持ってきたのはラルフだった。

日頃、サリがラルフと顔を合わせるのは朝の見回りの後と夕方の定例報告の一日二度だけだ。パートナーを組んだ時から、基本的に業務で必要な時以外は接触せずにいる。

公安課の執務室は公安部の官舎内に用意されてはいたが、サリの仕事は精霊の声を聞いて回ることで外を出歩いている方が圧倒的に多く、同時に気の合わない男と顔を突き合わせる時間はなるべく減らしたいという気持ちがはっきりとあった。だから日々の報告書でさえ、サリは宿舎の自室かたいていは見回り先の空の下で仕上げた。

いけ好かないのはお互い様なのだろう。その在《あ》り方《かた》にラルフも異を唱《とな》えたことはない。どうしても緊急の用がある時には、ラルフから魔法を使った呼び出しがあるが、それもこの半年で一度か二度だ。

そんな風だったから、宿舎に戻ったサリを訪ねてラルフがやってきた時には何事かと驚いた。

「水路を見に行く。用意しろ」

部屋の扉を開けるなり、ラルフはサリを見下ろして告げた。

「なにがあった」

「水路を見に行くと言っただろう。ついてこい。依頼人が外にいる。愛想よくしろよ」

ラルフは窓の外を軽く指さすと、踵《きびす》を返した。

何を言っているのかさっぱり分からず、サリは怪訝《けげん》な表情で窓の外を覗いてみた。宿舎の門あたりに、人影が二つ。揉《も》みあっているようにも見える。

「さっさとこい！」

よく見てみようと身を乗り出したサリの背後からラルフの大声が聞こえて、サリはうんざりとした気持ちで男の後を追った。どうしてこう居丈高《いたけだか》なのだろう。

「こちらが調査を依頼に来られたズノ氏とそのご子息のヤヌ氏だ。公安精霊使いのサリです。どんな精霊の声も拾います。ご安心を」

先ほどまでサリに見せていた高圧的な態度を胡散臭《うさんくさ》い笑顔の下に隠したラルフの示す先には、顔中に深い皺《しわ》の刻まれた老人とその老人の腕を引っ張るようにしている中年男性の姿があった。

サリが挨拶《あいさつ》のために頭を軽く下げようとする前に、ヤヌと呼ばれた男が眉を下げた。

「ほら親父、精霊使い様も気を悪くされているじゃないか。前の精霊使い様にも見てもらって、水路にはなんの異常もないって言われただろう？　ほら、もう帰ろう」

父親のズノがぎろりとサリを見据《みす》えたその眼光の鋭さにサリは内心怯《おび》えて、ぎこちなく視線を逸《そ》らした。

「ヤヌさん、サリはもともとこういう愛想のない顔つきなんです。ズノさん、お気になさらず水路にご案内ください」

割って入ってきたのはラルフで、ラルフは老人たちには笑みを浮かべて見せた後、サリの方を向いて目を剝《む》いた。笑え、と口の形だけで命じてくるが、サリは自分なりに失礼のないよう相手に接しているつもりだ。

――本当に腹の立つ男だ。

スクードが心底忌々《いまいま》しそうな声でラルフに向かって呟いてくれたので、少しだけサリの気も晴れた。

「大水がくる度《たび》に、うちの地域の水路だけ必ず決壊するんだ。もう何度直したか分からん。専門家にみてもらって幅《はば》を広げ、補強工事もした。一度は持ち堪《こた》えたが、二度目の大水でまた元通りだ。その度に周辺の畑が皆やられて、作物が駄目になる。あの壊れ方は精霊たちが悪さしているに違いない」

サリが荷台に乗ったのを見て、父親のズノも荷台に腰かけた。

御者台《ぎょしゃだい》には息子のヤヌとラルフが掛けて、ヤヌは背後を心配そうに窺《うかが》っている。

「もう既に前の公安精霊使い様にも、気象課の精霊使い様たちにも見ていただいているんです。親父の我儘《わがまま》に付き合わせて本当に申し訳ないと……」

「お前は黙っていろ！　あんたが相当腕の立つ精霊使いだとあの男が言うから、これが最後と思っているだけだ」

ズノはラルフを指さしてそう言った。一体、外で好き勝手になにを言っているのだ。サリは目を剝いてラルフの背を睨《にら》みつけたが、ラルフはこちらを振り返りもしない。

「あんた、こういった件に心当たりはあるのか」

ズノはサリの表情を読むかのように真っ直ぐ顔を見据《みす》えて問うてきた。声音の奥に、祈るような気持ちを感じてしまう。人に正面から見られるのが苦手なサリは、不自然に瞬《またた》くばかりだ。鼓動《こどう》が早くなり、じわりと手に汗をかいているのを感じる。

「分からない」

正直にサリは答えた。現場を見てみないことには、なにも言うことができないからだ。

「それに、精霊は悪戯《いたずら》はするが悪さはしない」

「どういうことだ」

ズノが眉《まゆ》をひくりとさせたので、なにか怒らせたのだと思うが、その理由がサリには分からない。

「言葉通りの意味だ」

ほかに言いようがないので答えると、ズノの眉が更に吊《つ》り上《あ》がってしまう。どうしようとサリが狼狽《うろた》えたところで、ラルフがこちらを振り返った。

「ズノさん、ろくに言葉の使い方を知らない者で本当に申し訳なく思います。サリは、精霊が悪意をもって水路を壊すようなことはしないと言いたいのです」

ズノがラルフの方に顔を向けたのを見て、サリは内心大きく息を吐いた。

(助かった)

きっとまた後で、まともに会話すらできないのか、とさんざん嫌味を言われるのだろうと思うとうんざりするものの、サリが人と話をしていると何故か相手が怪訝《けげん》そうな顔をしたり、怒り出す理由がサリ自身には分からないのだから仕方がない。

サリはいつも、精霊たちにしているように、相手に嘘をつかず本当のことを簡潔に伝えるよう努力しているのだが、人が相手だとどうにもうまくいかない。山を下りてからずっとだから、サリはますます人と話すのが苦手になっている。

その後はラルフがズノとの会話を引き継ぎ、馬車は街の東へとやってきた。ケトは東から西に街を横断するように大きな川が流れ、田畑に必要な水はそこからとられている。

ズノとヤヌ親子が案内した場所にもぶどう畑が広がっていた。サリたちを乗せた馬車が集落に入ると、人々がちらほらと集まってくる。ズノが精霊使い様を連れてきた、と風に乗って人々の声が飛んできたから、ズノは予《あらかじ》め集落の人間に自分たちのことを伝えていたのかもしれない。

田畑は広く、その中央をしっかりと補強のされた水路が真っすぐ走っているのが見える。いつも決壊するとズノが示したのは、ちょうど三方からの細い水路が合流する地点だった。

「どうなんだ」

サリたちが現場に着く頃には、ズノだけでなく、集落の住人たちも多く集まっていた。

「魔法使い様、魔法の力でこの水路を強化してもらうことはできないんですか。私たちはこの水路には本当に困り果てていて」

中にはラルフにそんなことを頼んでいる者もいる。

苛々《いらいら》と問うズノの前でサリは辺りを見回し、その場に膝をついて地面に耳をつけた。そのまま目を閉じてしばらく精霊の声を探す。

「おいなにをしている。精霊が悪さをしているのか」

「親父、少しは黙って」

「今度の精霊使い様は随分若いみたいだが、本当に大丈夫なのかい？」

「あの女、本当に精霊の声を聞いているのか？」

背後で好き好きに喋《しゃべ》る人々の声が遠ざかり、サリの意識は水の音と土の響きに集中していく。

――なにをしているの。

――やっと助けに来たのかな。

――あの子の声が聞こえるのかな。

「誰かが助けを待っているんだね」

水の精霊たちにそっと呼びかける。

――待ってるよ、ずっと待ってる。

――長い長い間ね。

――何度も叫んでいるのに人の子は誰も気づかない。

面白《おもしろ》そうに笑う水の精霊たちの声が遠くなる。サリは更にべたりと地面に自身の耳をつけて、地中の声に集中した。どくりどくりと、土の声に自身の鼓動を合わせていく。

「叫んでいるのは、誰？」

静かな地中に向かい、サリはそっと話しかけた。

途端、どん、と下から突き上げるような響きと共に、深く低い音で耳鳴りがした。感じたのは強い怒り。驚いて、サリはその場から飛び起きた。

「ど、どうした。なにがあった！」

突然自身の耳を押さえてその場から飛び上がるように離れたサリに、それまで周囲でサリの異様な様子を見守っていた男たちは血相を変えた。

しばらくの間サリは肩で息をして言葉も出せずにいたが、なんとか呼吸を整え、ズノ、ヤヌ、ラルフ、その背後に佇《たたず》む住人たちを順に見つめて言った。

「この真下に大岩があって、頭上に水路が走っているのをひどく嫌がっている。大水の度に水路が決壊するのは、大水の勢いに合わせて大岩が揺れているからだ。大岩を避けて水路を作り直すか、大岩をこの下から出してやるか。どうする」

住人たちは二日に渡る話し合いの後、大岩を掘り出して集落で祀《まつ》ることにした。

ラルフが魔法を駆使して大岩を掘り出す際には、近隣の集落どころか、市街地からも見物人が大勢やってきて大変な騒ぎになった。派手なことの好きなラルフは観客を大いに沸《わ》かせて、大岩を祀る儀式に華を添えた。

サリは大岩が無事安置されたのを見届けると、その場から静かに立ち去ろうとした。騒ぎも人込みも苦手だ。大岩が、解放感に喜びの声を静かにあげたことだけが嬉しかった。

ところがサリがひとり人波を抜けたあたりで、待て、と声をかけられた。

ズノだった。サリを追って駆けてきたのだろうか。わずかに息を上げ、ズノは初めて会った時と同じようにこちらを真っ直ぐ見据えて口を開いた。

「大岩が出てくるまでは正直半信半疑だったが、疑って悪かった。俺はあんたの言葉を信じる」

サリはいつもと同じように相手の視線に射すくめられて体を緊張させていたが、ズノの言葉にぽかりと口を開けたものだ。

（――掘り出された大岩はその後安定しているため、一ヵ月の経過観察期間をもって先週観察を終了した。晴天続きのため件《くだん》の水路の強度は未《いま》だ確認が取れず。水路の決壊による毎年の集落の損失、及び今後の収穫率の資料はラルフが作成添付）

あの時込み上げてきた不思議な感情がいったいどういうものなのか、今も分からないでいる。恐ろしいのとも、嬉しいのとも違う。唖然《あぜん》として、同時に胸の奥がすかすかとしたのだ。

どうして？

生まれて初めて、サリは精霊使いでも魔法使いでもない人から信じると言われたのに。サリの言葉を。つまり、精霊の声を。

『お前の声を聞く相手はちゃんといるさ。探せばね』

育て親のオルシュは、別れを前に、サリに何度もそう言った。

『自分の居場所は自分で見つけなければならないよ。この山は私が見つけた場所だ。私がお前の居場所を見つけてやることはできやしないよ。少しばかり手助けはしてやれるがね』

そう言って、オルシュはサリに王都の公安局を目指すよう告げたのだ。

ひとつ息を吐いて書きかけの報告書を脇に除《よ》けると、サリはもう一度カルガノからの書簡に目を落とした。

今回記されていたカルガノからサリへの問いはこうだった。

――サリ、あなたが精霊使いとなって半年が経とうとしていますね。この仕事はあなたの望みを叶《かな》えられているでしょうか。


自分の声が届く場所に行きたい。この力を役立てる場所に行きたい。

山を下りて王都に出向き、カルガノにそう告げたのは他でもないサリ自身だ。

その気持ちに嘘はないが、真実本心かと問われればサリは自信がない。

オルシュという存在がいなくなった後、サリはオルシュが居《い》る間に教えてくれた道を選ぶことしか考えられなかった。

自分という存在が近く消えてしまうことを、オルシュは薄々感じていたのだろう。

ある日サリに、あと季節がふたつみっつ巡《めぐ》ったら私はいなくなるよと、世間話でもするように語った。

その言い方があんまりオルシュらしくて、サリは少しの間黙っていたけれど、結局、そう、と頷くほかなかった。生活はそれを聞く前も聞いた後も、ほとんど変わりなかった。

ただ、オルシュは時折サリを遠くの街へ連れて行くようになった。それまでもサリに使いを頼むことはあったから、簡単な買い物くらいはサリだってできていたけれど、街の成り立ちや公共の建物の見分け方、どんなものがどの店に売っているのか、山以外で生きていくための最低限の知識をつけてくれていたのだと、今になってから分かる。

王都のことや、国と民を守る精霊使いや魔法使いの存在についても口にするようになった。

サリはどうしてオルシュがそんな話をするのかよく分からなかったし、精霊の声が聞こえることが職業になるなど夢物語のようで、オルシュが自分をからかっているのかと時折怒ったりもした。

オルシュはそうやってサリがひとりになった後の道を示していたのだと思う。

ひとりになっても山に残ると告げたサリに、オルシュが珍しく首を横に振って言った。

『だめだ。お前は一度ここを離れなきゃ』

どうして、とむっと言い返したサリに、オルシュは珍しく目を細めた。

『だってお前は、お前の声を聞いてくれる誰かを探しているんだろう?』

息を呑《の》んだサリの頭を、オルシュの皺《しわ》くちゃの手が軽くはたいた。

『お前は私のもとへやってきた晩、生きることを選んだんだ。だから最後まで生きなきゃならん。お前の声を聞く相手はちゃんといるさ。探せばね』

そう言って、歯茎《はぐき》をむき出しにして笑ったオルシュの顔を、サリは今も鮮明に覚えている。

人は怖いもので、山には仲の良い精霊たちがたくさんいて不自由はないし、自分が本当にそんなことを思っているのかサリにはよく分からなかったけれど、オルシュの言葉で胸の奥がじわじわとして無性に泣きたくなったから、その言葉も心に残った。

予告通りオルシュはある日静かになって、サリは山を下りて王都へ向かった。

王都には確かにオルシュが言っていた通りの場所があり、サリと同じく精霊の声を聞く人々が、その力を使って国を守護し、国民を守護するために働いていた。

精霊使いたちは誰も、人を怖がっている様子はなかった。精霊の声を聞くことに少なからず誇《ほこ》りを抱《いだ》いているようで、サリはその思考に衝撃《しょうげき》を受けた。

すべての人がと言うわけではないが、王都に住む多くの人々が精霊使いの存在を受け入れており、精霊使いたちが表立って迫害される場面には出会わなかった。

王都での短い公安精霊使いとしての研修期間の間、サリは精霊の声を聞いたと口にしても問題がないという事実に、ただひたすら驚いて過ごしていたように思う。

ラルフのパートナーとなり王都から離れることになった時には不安も込み上げたが、性格と相性はともかく、ラルフという男は仕事が絡めばサリの言葉を無碍《むげ》に扱《あつか》うことはなかった。

新しい生活に無我夢中であっという間に数ヵ月が過ぎ、仕事にも、街での生活にも少しずつ慣れてきているとは思う。

だが、この日々が果たしてサリが望んでいたものかと問われると、疑問だ。

あの山を遠く離れて、精霊の声を聞くことを職として、今オルシュなしで生きている自分を考えると、これはまったく信じられないようなことであり、随分な成長だと思う。

けれど、サリはここで、未だになにかを見つけられた気がしない。

精霊の声を届ける度、どこか居心地の悪い、不思議で奇妙な気持ちばかりが募《つの》っていく。

自分の居場所は自分で見つけなとオルシュは言ったが、人付き合いは精霊使い相手だろうと魔法使い相手だろうと一般の人々であろうとまるでうまくいかず、この場所が、公安精霊使いという仕事が自分の居場所だとはとても思えない。

かと言って、それ以外にできることもないのに。


——この仕事はあなたの望みを叶えられているでしょうか。


深くため息を吐き、サリは自分の前髪をくしゃくしゃと乱暴に握りしめた。

これまで、サリはカルガノからの問いに答えを返さなかったことがない。

だが今回初めて、サリはその問いに無回答で報告書を送った。

なぜならサリは、自分でも自分の望みがよく分かっていないからだ。

異変に気付いたのはカルガノに業務報告のみの報告書を送って五日後のことだった。

ケトは農地の多い広い街なので、見回りは日ごとに地区を決め、一週間で全地域を回るようにしている。

ケトの精霊たちも多くの精霊たちの声を聞くサリにだいぶ慣れ、時には、離れた場所からわざわざ声を掛けにやってくるものもいる。

その日サリは、西地区の端までを馬に乗って見回っていた。ケトを横断する川沿いを進みながら、イチジクの畑やイチゴの畑を眺め、水の精霊たちや風の精霊たちの声を聞くともなしに聞いてまわる。

（午後から雨の予報は出ているが、予想より天気が荒れそうだな。大雨への警戒情報を流しておかないと。ああ、でもこれでズノたちの水路が決壊しないかどうか確かめることもできるか）

ふと、遠くで、唸《うな》り声《ごえ》のような低い音が地面を通じて響いた気がした。

北側を振り返り目を細めてみても、延々と続く畑の向こうには集落があり、小さな山が見えるだけだ。

「スクード、今あっちから声がした？」

右手首の石の声を聞こうとしたが、突如《とつじょ》割り込んできた甲高《かんだか》い声たちにかき消された。

——すごい声だね。

——怒ってるよ。すごくすごく怒ってる。

——どんどん伐られてるもの。

風の精霊たちの会話にわずかに思考を巡《めぐ》らせ、サリは目を見開いた。

馬首を返すと脇腹を蹴《け》りつけ、北地区へとひたすらに走る。途中、すれ違った住人たちがそのあまりの勢いに何ごとかとサリを振り返ったが、構っている余裕はなかった。

北地区に近づけば近づくほど、低い唸り声が辺り一体に響き渡り、その憤りの強さにサリは思わず顔をしかめた。これは岩の声だ。合間に混ざる悲痛な叫びや呻《うめ》きは木の声か。

風の精霊たちは更にかしましく騒ぎ立て、水の精霊たちが濁《にご》った水や折れた枝葉を運ばされて悪態をついている。

サリの向かいからやってくる二頭立ての馬車が後ろに大木を引きずっており、その列がずっと道々に連《つら》なっている。行列の出どころは、今や真正面に見えている山だ。

一心不乱に馬を走らせたサリは、現場に辿《たど》り着《つ》き、そこでなにが行われているかを目で確かめるや、わなわなと拳を震わせて叫んだ。

「そこでなにをしている！　この山の開発は、特に南側の木々の伐採や岩の掘削《くっさく》は公安局が固く禁止したはずだ！　今すぐ作業を止めろ！」

つい一週間ほど前にサリがきた時には、古い木々がどっしりと豊かに並んでいた山林の一部が、大きく抉《えぐ》られたように山肌を見せて無残な有様《ありさま》になっている。ちょうどその時山中から大きな掛け声と共に、大人が三人がかりで抱《かか》えるほどの大きさの、黒々とした岩石が運び出されてきた。怒りの声の主だ。今も、サリの頭が割れるほどの唸り声を発している。

「お前たち、その石をどこから……！」

真っ青になって駆け寄ろうとしたサリを、作業していた男たちの手が止めた。

「危ない！　近寄るな！」

「作業の邪魔をするんじゃない」

「なにを言っている！　誰の許可を得てこれらを切り出した！　今すぐ作業を止めるんだ。その岩は山の要の一部だ。それに、あの周辺の木々がこの山を支えているのに！　今すぐ止めろ！」

暴れるサリをいとも容易《たやす》く振り払い、男たちは淡々と作業を開始する。

何度も何度も止めろと叫びながら突進しようとするサリを、とうとう苛立った男の腕が薙《な》ぎ払《はら》った。小さく軽いサリの体は簡単に路上に転がった。

「俺たちだって仕事なんだ。明日中に終わらせろと言われている。言いたいことがあるなら上に言ってくれ。あんたに乱暴を働く気はない。でもこれ以上邪魔をする気ならあんたを縛《しば》り付《つ》けておかなきゃならん。頼むからここを離れてくれ」

地面に這《は》いつくばったサリは自分を制した男と、山で作業を続ける男たちの姿を見ていたが、おもむろに起き上がると馬に飛び乗りその場を後にした。目指した先はもちろん公安局の執務室だ。

体ごとぶつかるようにして部屋に飛び込んできたサリを見て、ラルフは不快そうに片眉を上げた。

「おい、入ってくるならノックのひとつもしろ。本当に礼儀を知らん奴だな」

「北地区の山林で伐採禁止区域の木々が伐り出されている。あんた、開発主と話をしたんじゃないのか。早く止めさせてくれ。要の大岩や古木まで次々と……もうすぐ天気が荒れる。取り返しのつかないことになる前にあいつらを止めてくれ！」

「なんだと？」

サリの言葉をすべて聞き終わる前に、ラルフは立ち上がり上着を手に取っていた。サリもラルフの後についていこうとしたが、制される。

「お前は冷静に話ができんだろう。俺が行く。ここで待機していろ」

ばたんと鼻先で閉められた扉の前で、サリはそのまま呆然《ぼうぜん》としていた。

あの山林を調査し、南側で伐採禁止の結論を下したのはサリだった。山林の開発計画を申請《しんせい》したという恰幅《かっぷく》の良い男が、顔を真っ赤にしてサリに食って掛かってきたのを覚えているが、まさか強硬手段に出るとは思いもしなかった。現場の男たちは、作業を明日中に終えるよう依頼されていると言っていた。サリがあの地域を見回るのは、通常であれば明後日《あさって》だ。

額から流れ落ちる汗や背中を伝う汗がゆっくりと冷えていき、サリはぶるりと身震いする。脳裏には次々と伐り出される木々や掘り起こされた岩石が浮かび、そこだけぽっかりと山肌の見える斜面を思い返すうちに、サリは強く右手首のスクードを握りしめていた。

——サリ、雨だ。

不意に響いたスクードの声に、サリは背後を振り返った。窓を、細かい雨が濡らし始めてさあさあと音を立てていた。

窓辺に駆け寄ると、部屋に雨が入り込むのも構わず、サリは窓を全開にして身を乗り出した。思っていたよりも風の進度が早く、水たちもざわめいている。

「嵐になるな」

気象課に行って、早めの警報を出すように告げなければならない。

——あの山はもたないだろう。

スクードの呟きに、サリの心臓が大きく鳴った。

精霊は嘘をつかない。スクードは余計なことは決して言わない。

ならばあの山は、嵐の訪れと共に確実に崩れるということだ。

ぞっと全身の毛が逆立《さかだ》ち、次の瞬間、サリは執務室を飛び出していた。

表に繋《つな》いでおいた馬に乗ると、北地区を目指す。

あの山の南側には集落が広がっており、山崩れが起きた時には真っ先に被害に遭《あ》うことが予測できた。

先ほどは山へ向かう道をひた走ったが、次第に強くなる雨の中を夢中で集落を目指す。集落に近づくと、子供たちが両手で自分の頭を覆《おお》って駆けていくのが見えた。

「今晩山が崩れるぞ！　皆、避難しろ！　今すぐ家に帰って両親に伝えるんだ」

サリは馬の脇腹を蹴り上げ、集落の小道を片っ端から駆け回り、声を張り上げた。

「山が崩れるぞ！　すぐに避難しろ！」

一体何ごとかと家から次々に人が飛び出してきて、怪訝《けげん》そうな表情でサリを見上げている。

「あんたいきなりやってきたかと思えばなにを言っている」

「妙なことを言うのはやめてくれ」

「気象課からなにか連絡があったか？　なにも聞いていないぞ」

人々はざわめきながらもサリに不審な目を向けるばかりだ。

「私は、公安精霊使いだ。どうか話を聞いてくれ。あの山で大量の木が伐り出されたんだ。今晩の嵐に、山が耐えられそうにない。崩れたら、この集落が埋まる。だからどうか、今のうちに逃げてくれ。お願いだ」

まったくその場から逃げる様子のない人々に、サリひとりだけが焦りと悲壮感を募《つの》らせて声を張り上げる姿は、異様で滑稽《こっけい》ですらある。

「そんな危険があるなら、何故《なぜ》伐採を禁止しない。作業は二日も前からやっていたぞ」

「崩れることが分かっているなら、お前たちがなんとかすればいいだろう」

「逃げろと言われて、すぐに逃げられるものか。どこに行けと言うんだ」

人々は口々に叫ぶと、喉を引きつらせるサリを白い目で見上げて家に帰っていく。

「待ってくれ。私の話を聞いてくれ」

必死で叫ぶが、人々は怪訝《けげん》な目をサリに向けるだけ。これでは子供の頃とまるで同じだ。

精霊使いになっても、結局、肝心《かんじん》な時にサリの言葉は届かない。

奥歯がガチガチと震え、目の前が真っ黒になりそうな気分。

「どうしよう。スクード、どうしたらいい？」

脳裏に浮かぶのは生まれ故郷の悲惨な光景だ。サリの村は大半が土砂に埋まり、多くの犠牲者が出た。

また、流されてしまう。全部流されて、埋まって、そうしたらサリはまた、どこかへ消えなければならない。

――サリ、落ち着け。

「お前は勝手に何をしている！」

スクードの声に覆い被さるような大声がして、振り返ると、ラルフが怒りの形相《ぎょうそう》でサリを睨みつけていた。その後ろにずらりと並んで見えるのは、公安局職員たちか。

ぼろりと、サリの両目から涙が零《こぼ》れ落《お》ちた。雨に濡れた頬では、誰にも気づかれなかったけれど。

久しぶりに子供の頃の夢を見た。山崩れが起きると、両親や村の人々に向かって泣き叫んだ時の夢。いつも夢は、土砂に埋まった村と、サリを憎々《にくにく》しげに見つめる人々の鋭い糾弾《きゅうだん》の声で終わるはずなのに、今回の夢は違った。

サリは大人で、精霊使いだった。隣には何故かラルフがいた。たとえ魔法を使ったとしても山崩れそのものを防ぐことはできないけれど、ケトでそうしたように、サリは夢中で土砂の流れる方向や勢い、風の向きや雨脚の状況をラルフに伝えて、村への被害が少なくなるように努めた。村の人々は皆笑顔で、互いの無事を喜びあう。そんな人々の姿が嬉しくて、両親はどこにいるのだろうと思った時、村の人々の姿はケトの山裾《やますそ》の集落の人々の姿に変わっていった。

少し過《よぎ》った寂しさの後、込み上げてきたのは喜びだった。

目を覚ますと、サリは宿舎の自室にいた。日が随分高い。ふと甘い香りがして奇妙に思い、辺りを見回すと棚の上に乗りきらないほどの果物が積まれている。

何ごとかと目を瞠《みは》っていると扉を叩く音がした。返事をすると入ってきたのはラルフだった。抱きかかえた紙袋の頭から、ぶどうが零れそうになっている。

「ズノからの見舞いだ。水路は決壊しなかったそうだ」

「そうか」

口にして、声が嗄《か》れていることに気づく。昨晩、叫びすぎたせいらしい。

「お前は昨日、現場でぶっ倒れたんだ。今日はもう寝ていろ。だが起きたら説教だ。勝手にあんな真似をして、住民の不安を煽《あお》るだけ煽ってどうするつもりだったんだ。考えて動け」

鼻を鳴らして、そのまま部屋を出ていこうとするラルフをサリは呼び止めた。

「被害は？」

「事前避難が完了していたため人的被害はなし。集落の一部に土砂が流れ込んだが、想定していた範囲よりずっと狭《せま》い。概《おおむ》ね無事と言えるだろう」

「……そうか」

ほっと呟いた言葉は、サリが考えるよりもずっと安堵《あんど》の色を湛《たた》えていた。瞬《まばた》きの増えたサリの様子に気づいているのかいないのか、ラルフが一瞬考えた後で口を開いた。

「だが今回の件はよくやった。棚の上の見舞いはあの集落の住民たちからだ。好きなだけ食え」

まさかラルフからそんな言葉が飛び出すとは思ってもおらず、サリは束《つか》の間硬直した。

（偉《えら》そうに）

ラルフが出て行った扉に向かって舌を出してやろうかと思ったが、なんとなく気が削《そ》がれてサリは仰向《あおむ》けに倒れた。

（〃概ね無事〃）

ラルフの言葉を反芻《はんすう》すると、涙が零れた。

一度零れ始めると、次から次に涙が溢《あふ》れて、そんな自分がおかしくてサリは涙を拭《ぬぐ》いながら笑ってしまう。

「スクード、どうしてこんなに涙が出るんだろう」

――知らん。拭《ふ》け。俺が濡れる。気持ち悪い。

端的なスクードの答えに、サリは背中を丸めてくつくつと笑う。甘い香りの中で。

昨日、山が崩れると思った時にはあんなに怖かったのに。サリの声はやっぱり誰にも届かないと思ったのに。

たぶん山を下りてからこれまでの間ずっと、サリは夢の世界に住んでいるようだったのだ。

精霊の声を聞くということであれほど迫害されてきたはずなのに、ただ王都に出ただけで冗談のように簡単に自身の存在が受け入れられる場所を与えられた。

精霊使いだと名乗れば、人々がサリの言葉を信じるということ。

これまでの自分の生活を思えば、それは不思議で、奇妙で、ありえないことだったから、相手が本当は一体なにを考えているのかとサリの心には警戒心と不安ばかりが募《つの》った。

だがどうやらここは夢の世界ではなかったようだ。

カルガノに報告書を書かなければ、とサリは思う。

前回のカルガノからの問いに、今ならなにか伝えられそうだ。

この仕事がサリの望みを叶えてくれるのかどうかはまだ分からない。自分の望みも、きっとよく分かっていない。

でも今この瞬間、精霊使いになって初めて、サリは自分の「声が届いた」と感じたのだ。

ラルフたちが現場に駆けつけてきた時に感じた安堵、甘い香りのする部屋で込み上げる笑いや、止まらない涙の意味を、サリはゆっくり考えたいと思っている。

同じ気持ちを何度か繰り返すうちに、オルシュのくれた言葉の意味や、自分の望みも見えてくるような、そんな気がする。

うとうとと再び微睡《まどろ》みはじめたサリの寝顔は、しごく穏やかだった。

あとがき

河上　朔

通りの白木蓮《はくもくれん》や桜が満開です。

もし草木に感情があるとして、花が咲く瞬間は喜びの気持ちが溢《あふ》れるのか、それとも人のようにただ泣き叫ぶしかない衝撃に襲われるのか、咲く時期が来たので咲いただけですと淡々と咲いているのか、次々に咲く花を見ているとそんなことを考えてしまいます。

単純に、花開く時には嬉しい感情があって欲しいと思うのですが、自分が生まれた時のことを思えば、まずその時の感情を覚えていないし、たとえ覚えていたとしても、嬉しいよりはびっくりした！　の気持ちの方が強かっただろうなと思うので、あまり個人的な希望を押し付けるのはよくないですね。

一斉《いっせい》に咲いているようで咲き方に早い遅いがあるのは、やはり絶対に一番に咲きたいと我先《われ》に開花したいタイプと、そんなに急がなくても気分がノった時に適当に咲きますからというのんびりタイプがいるのか、そう思って見ていると、桜の木なんていうのは随分賑《ずいぶんにぎ》やかで姦《かしま》しそう気がします。見た目だけでも十分華《はな》やかですけど。

そんなわけで、今回は精霊の声が聞こえるサリと、魔法使いラルフのお話です。

入れ替わりものが書いてみたいなと思って書き始めましたが、特に互いの能力に魅力を感じていないふたりには申し訳ないことをしています。がんばれ。

ふたりは現在大変面白《おもしろ》くない状況にありますが、自分が誰かと能力が入れ替わるなら、どんな能力が欲しいかなとぼんやり考えていたわけです。

で、私、音楽を聞く能力が欲しいなと思いました。

街中を流れる音楽を小耳に挟《はさ》んだ時や、映画を観た時に「今のメロディーかっこよかったね」「あの場面で流れてた曲が素敵だった」と言う人がいるじゃないですか。

あれにものすごく憧《あこが》れています。私は音楽そのものを聞いて楽しむと言うよりは、歌詞や背景を知って初めて曲が体に入ってくる感じなので、ただ音に惹《ひ》かれてそれが耳に残り、音を楽しむという感覚をすごく味わってみたいです。どんな風に音が入ってきて、どんな感情がわくんだろう。

私は映画を観た時はセリフが圧倒的に残っているタイプなので、この手の人と映画を観に行くと、お互いに同じ場面について話していても、言葉からのアプローチと音からのアプローチで全然印象が違って面白いです。

皆さんは、こういう能力が入れ替わりできたらいいなと思うものありますか?

さてさて、能力が入れ替わってもまったく楽しめていないふたりのこの先を、あたたかく見守って頂《いただ》けたら嬉しいです。また次巻でお会いできますように。

２０２０年４月

WINGS・NOVEL

【初出一覧】
精霊使いサリの消失：小説Wings '18年秋号（No.101）
魔法使いラルフの見知らぬ世界：小説Wings '19年冬号（No.102）、'19年春号（No.103）
精霊使いサリの望むこと：書き下ろし

この本を読んでのご意見、ご感想などをお寄せください。
河上 朔先生・ハルカゼ先生へのはげましのおたよりもお待ちしております。
〒113-0024　東京都文京区西片2-19-18　新書館
[ご意見・ご感想] 小説Wings編集部「声を聞かせて① 精霊使いサリの消失」係
[はげましのおたより] 小説Wings編集部気付○○先生

声を聞かせて①
精霊使いサリの消失

著者：**河上 朔** ©Saku KAWAKAMI
初版発行：2020年5月25日発行

発行所：株式会社 新書館
［編集］〒113-0024　東京都文京区西片2-19-18　電話 03-3811-2631
［営業］〒174-0043　東京都板橋区坂下1-22-14　電話 03-5970-3840
［URL］https://www.shinshokan.co.jp/

印刷・製本：加藤文明社

ISBN978-4-403-54221-3 Printed in Japan

SHINSHOKAN